S. L. Simons

Together

Was kann eine Liebe überstehen?

Eisermann Verlag

Together – Was kann eine Liebe überstehen?

Taschenbuchausgabe 1. Auflage 03/2017

Umschlaggestaltung: Sabrina Dahlenburg
Satz: André Piotrowski
Lektorat: Marie Weißdorn
Korrektur: Wiebke Hoberg
CPI Druckdienstleistungen GmbH,
Ferdinand-Jühlke-Straße 7, 99095 Erfurt

http://www.Eisermann-Verlag.de
ISBN: 978-3-946342-56-4

Dies ist eine fiktive Geschichte. Ähnlichkeiten mit lebenden oder verstorbenen Personen, Orten und sonstigen Begebenheiten sind zufällig und nicht beabsichtigt.

ACHTUNG!
Dieses Buch enthält detaillierte Erotikszenen und eindeutige Kraftausdrücke.

Für Jess.
Danke, dass du immer für mich da bist.
Du bist die Beste.

Für meine Mom.
Danke, dass du mich zu der Person gemacht hast,
die ich heute bin.
Danke für alles und so viel mehr.
Ich liebe dich.

Für alle die, die denken,
ihre Situation sei aussichtslos.

Die Hoffnung stirbt einfach immer zuletzt.
Kämpft für euer Glück.

Kapitel 1

Hallo, mein Name ist Samira Haddox und ich bin sechsundzwanzig Jahre alt. Seit vier Jahren bin ich nun Single. Ob glücklich oder nicht? Hm ... das weiß ich auch nicht so genau. Ich sehne mich nach einem Mann, mit dem ich Pferde stehlen, eine Familie gründen und Kinder kriegen kann. Doch bis heute waren nur Arschlöcher dabei.

Der Letzte hat mich ein halbes Jahr lang mit meiner besten Freundin betrogen. Als ich sie dann zusammen erwischt habe, sagte er mir eiskalt, dass er nur bei mir blieb, weil ich mehr verdiene als sie. Sehr toll, oder?

Jedenfalls treffe ich mich heute mit meiner alten Freundin Nadine. Ob wir ins Kino gehen, in eine Bar oder doch einfach nur bei mir oder ihr sitzen, ein Glas Wein trinken und Schnulzenfilme gucken, das weiß ich nicht. Ich bin ja für Letzteres. Ich habe einfach keine Lust, mich aus meiner bequemen und vor allem flauschigen Jogginghose zu schälen. Mein warmer Kuschelpullover darf natürlich auch nicht fehlen.

Wenn mich jetzt jemand sehen würde, würde der wohl glatt sagen: »Das ist ja absolut abturnend«, oder so was wie: »Wie prüde und verklemmt du bist, will ich gar nicht wissen.« Was soll's? Dann werde ich mir nun mal die Zeit bis zu unserem Treffen vertreiben.

Ich habe die Stunden bis zum Abend so schnell wie nur möglich rumbekommen. Ich bin angenehm überrascht, als ich auf die Uhr sehe und feststelle, dass ich los muss.

In Cline City angekommen steuere ich direkt auf den Hauptbahnhof zu, denn dort treffen wir uns.

Schon von weitem sehe ich Nadine, wie sie ihren Blick über die Menschenmenge gleiten lässt und versucht, mich auszumachen. *Mann, sieht die wieder toll aus*, denke ich mir. Lange lockige blonde Haare, grüne Augen mit einem leichten braunen Stich. Mit ihren weiblichen Rundungen und der sonnengebräunten Haut passt ihr das rote Cocktailkleid perfekt. Ihre gesamte Erscheinung ist atemberaubend. Wie gut, dass ich mir ebenfalls ein Cocktailkleid angezogen habe, in dem ich mit meinen eigenen Kurven einigermaßen gut aussehe. Meines ist jedoch nicht rot, sondern schwarz, denn meine Haut ist eher blass. Dazu habe ich dunkle, glatte Haare und blaugraue Augen. Also nicht ganz so der Typ Frau für einen Mann, der etwas vorzeigen will.

Die Wiedersehensfreude ist groß bei uns. Wir haben uns knapp ein Jahr nicht mehr gesehen, dafür aber mehrmals die Woche telefoniert. »Wahnsinn, Nadine! Du siehst toll aus.«

»Echt? Ist doch wie immer. Aber wie ich sehe hast du immer noch keinen vernünftigen Kerl mit passendem Schwanz abbekommen!« Sie grinst mich an und ich werfe ihr einen bösen Blick zu. Nicht dass ich frigide bin, aber so was in der Öffentlichkeit? *Hm.* Nicht ganz so passend, wie ich finde.

»Was stellen wir heute an?«, fragt sie und ignoriert meinen Blick.

»Wie wäre es, wenn wir in eine neue Bar gehen, gleich hier um die Ecke?«

»Au ja, sehr gern. Geht doch nichts über einen leckeren Cocktail mit einer guten Freundin.« Sie strahlt mich an und hüpft sogar kurz. In den Schuhen eine echte Meisterleistung.

Wir kommen gerade in der Bar *Shiners* an, als uns schon ein Kellner anspricht. »Wisst ihr schon, was ihr wollt?«

»Ähm, nein. Wir sind gerade erst reingekommen und haben noch nicht in die Karte geschaut«, erklärt Nadine und zwinkert dem Kellner zu. Ganz klar, sie hat ein Auge auf ihn geworfen. Wer kann es ihr auch verübeln? Immerhin sieht er mit seinen kurzen braunen Haaren, dem Grübchen im Gesicht und den braunen Augen wirklich gut aus. Ich bin gespannt, was da noch auf mich zukommen wird. Ob sie ihn wohl nach seiner Nummer fragen wird?

»Dann warte ich so lange«, sagt er. Ich frage mich, ob er nicht noch andere Tische bedienen muss, denn der Laden ist rappelvoll. Nadine ist hin und weg von dem Kellner und legt gerade ihren *Fick-mich*-Blick auf, als mir zwei Tische weiter ein junger Mann auffällt, der gerade bei einer Kellnerin etwas bestellt. Er sticht mir jedenfalls sofort ins Auge, denn mit seinen kurzen, blonden Haaren und dem leicht markanten Gesicht ist er für mich nicht zu übersehen. Was er sagt, kann ich allerdings nicht verstehen, dafür ist die Musik zu laut.

Nadine ist so ins Flirten mit dem Kellner vertieft, dass mir echt langweilig ist.

Ich räuspere mich, doch es kommt keine Reaktion von ihr. Na gut, dann gehe ich halt mal eben für kleine Mädchen. Vielleicht achtet sie danach wieder auf mich.

Als ich von der Toilette wiederkomme, ist von Nadine und dem Kellner jedoch nichts mehr zu sehen. Die Kellnerin von dem anderen Tisch kommt auf mich zu. »Wollen Sie etwas trinken?«

Ich antworte ihr: »Ja, einen *Sex on the Beach* bitte.«

Sie verschwindet und kommt kurze Zeit später wieder.

Doch sie stellt mir nicht nur den Cocktail, sondern auch ein zweites Glas hin.

»Das geht auf den jungen Mann zwei Tische weiter.«

»Danke«, sage ich, denn zu mehr bin ich nicht fähig. Denn besagter junge Mann fesselt mich mit seinem Blick. Jetzt, wo ich ihn mir genauer ansehe, fällt mir erst wirklich auf, wie gut er aussieht. Von weitem sehen seine Augen grün aus, anscheinend ist er sogar sehr gut trainiert. Um genaueres zu sehen, müsste ich näher bei ihm sein ...

Oh Mann, allein sein Blick lässt meine Spalte feucht werden und mich davon träumen, wie er wohl im Bett ist.

Ich nicke ihm dankend zu und lächle zuckersüß. Von Nadine fehlt weiterhin jede Spur. So langsam mache ich mir wirklich Sorgen, werde zappelig und rutsche ungeduldig auf meinem Stuhl herum, doch im nächsten Moment vibriert mein Handy. Es ist eine SMS von besagter Person, die mich gerade mächtig auf die Palme bringt.

> *Hey Süße. Bin mit Marc abgehauen, melde mich morgen bei dir. Mann, der ist sooo heiß!*

Na klasse. Das kann ich jetzt gebrauchen. Was soll ich denn allein im *Shiners*? Am liebsten würde ich Nadine für ihr erhöhtes Maß an Sex verfluchen. Was denkt sie sich denn dabei, mich hier einfach alleine sitzen zu lassen, um mal ordentlich zu vögeln?

Kapitel 2

Ich bin so in Rage, dass ich gar nicht bemerke, dass der Mann vom anderen Tisch herüberkommt. Erst als er mich anspricht, reagiere ich.

»Hey, schmeckt der Cocktail?«, fragt er beiläufig.

»Ja«, kann ich nur zurückgeben, denn jetzt kann ich seine tollen grünen Augen erkennen.

»Darf ich mich zu dir setzen?«

»Äh ... ja, natürlich«, stammle ich.

»Wie heißt du?«

Soll ich ihm meinen richtigen Namen sagen oder einen falschen? Vielleicht ist er ja ein Stalker? *Nein, ist er nicht!*, schnauzt mein Gewissen.

»Mein Name ist Samira Haddox. Und wie heißt du?«

»Chase, Chase Cooper. Bist du öfter hier?«

»Nein, ist mein erstes Mal heute. Und du?«

»Ich bin schon öfter hier gewesen, die Bar ist wirklich toll. Aber was verschlägt dich hierher?« Ein unfassbar süßes Lächeln umspielt seine Lippen.

»Ich habe mich mit einer Freundin getroffen, aber sie ist von jetzt auf gleich verschwunden und hat mir nur eine dumme SMS geschickt.« Ich kann meine Enttäuschung nicht verbergen und kaue auf meiner Unterlippe herum.

»Ach, lass dir davon doch nicht den Abend vermiesen. Immerhin bin ich ja jetzt da, meine Schöne.« Er grinst mich an und ich werde sofort rot.

»Meine Schöne? Wie kommst du darauf?«

»Weil es die Wahrheit ist. Du bist wirklich schön, Samira. Deine Augen strahlen so viel Wärme aus und dein Lächeln ist atemberaubend«, schmeichelt er mir. Ich werde verlegen und spiele mit meinen Fingern am Glas herum. Ob er das wohl auch noch so sehen würde, wenn ich in Jogginghose und Kuschelpullover vor ihm sitzen würde?

Ich bin froh, dass er mich nun in ein Gespräch verwickelt, denn ich hätte wohl von mir aus keinen einzigen Satz mehr herausbekommen.

»Was machst du eigentlich beruflich?«, fragt er mich

»Ich arbeite hauptsächlich als Floristin, helfe aber ab und zu als Sekretärin in der Firma meines Vaters aus. Und du?«

»Bei mir fast dasselbe. Nur, dass ich hauptberuflich bei meinem Vater arbeite. Aber nicht als Sekretär, sondern als Buchhalter. Weiterer Vorteil, ich kann mir freinehmen wann ich will und so lange ich will.«

»Oh, na das nenne ich mal Luxus.«

»Und wenn du keine Blumensträuße bindest oder Termine organisierst, was machst du dann in deiner Freizeit, Samira?«, lenkt er das Thema geschickt ab.

»Ich gehe gern ins Kino oder liege gemütlich auf der Couch und lese ein gutes Buch«, antworte ich ihm.

Wir unterhalten uns noch eine Weile und trinken dabei einige Drinks. Mit der Zeit merke ich, wie sich meine Unsicherheit verflüchtigt und ich mich immer wohler bei ihm fühle. Ein Prickeln liegt in der Luft. Oder fühle nur ich das?

Ich muss mich erst mal etwas abkühlen gehen, denn seine Berührungen zwischendurch machen es mir nicht einfach, an meinem Vorsatz festzuhalten, ihn heute Nacht nicht mit nach Hause zu nehmen.

Und warum nicht?, fragt mein Gewissen mit hochgezogener Augenbraue. Hm. Ja, das weiß ich auch nicht so genau.

Auf der Toilette lasse ich mir erst mal etwas kaltes Wasser über die Handgelenke laufen. Hoffentlich hilft mir das dabei, einen halbwegs klaren Gedanken zu fassen. Doch egal, wie lange ich das Wasser auch laufen lasse, mein Verstand gehorcht mir nicht.

Ich will ihn! Zu lange hatte ich schon keinen Sex mehr und dieser Typ zieht mich magisch an. Ob er das Ganze genauso sieht? Oder soll ich mich doch zurückhalten und sehen, was daraus wird?

Egal, wie lange ich grüble, das Pochen zwischen meinen Schenkeln wird immer schlimmer. Ich kann nicht noch länger hier stehen. Chase wundert sich bestimmt schon, wo ich bleibe, also straffe ich meine Schultern und gehe erhobenen Hauptes und mit meinem schönsten Lächeln zurück zu ihm an den Tisch.

Als ich an seinem Stuhl vorbeigehe, hält er mich am Arm fest, steht auf und fasst mit der anderen Hand in meinen Nacken. Ich quieke laut auf vor Schreck, doch es fühlt sich verdammt gut an. Er sieht mir tief in die Augen und sein Gesicht nähert sich meinem.

Als unsere Lippen aufeinandertreffen, explodiert in mir ein Feuerwerk an Gefühlen und das Pochen zwischen meinen Beinen wird unerträglich. Ich will ihn, aber nicht hier.

Widerwillig löse ich mich von seinen Lippen und flüstere ihm ins Ohr: »Zu mir oder zu dir?«

Huch, wo kommt der Satz denn nun her? So was kenne ich gar nicht von mir.

Er sieht mich mit seinem vor Lust verhangenen Blick an.

»Zu dir, meine Schöne.«

Wir lassen voneinander ab und Chase zahlt die Rechnung. Er nimmt meine Hand und umschlingt seine Finger mit meinen, als wir nach draußen zu einem Taxi gehen.

Ich sage dem Fahrer meine Adresse und schon liegen Chase' Lippen wieder auf meinen. Er hat so weiche, warme Lippen, dass ich fast das Gefühl habe, ich könnte fliegen. Er schmeckt himmlisch, auch wenn sein Atem leicht nach Alkohol riecht – das macht ihn mir nur noch schmackhafter.

Der Fahrer hüstelt, als wir ankommen. Ich bezahle und weg ist er.

Küssend kämpfen wir uns zur Tür. Mit aller Kraft versuche ich das Schlüsselloch zu treffen, doch das ist mit seinen Küssen in meinem Nacken gar nicht so einfach.

»Kannst du mich für fünf Sekunden mal bitte nicht ablenken? Ich kriege den Schlüssel nicht rein!«, kichere ich und er lässt von mir ab. Sofort bedauere ich meinen Satz, aber andererseits können wir so gleich im Warmen da weitermachen, wo wir aufgehört haben.

Als ich die Tür endlich geöffnet habe und wir in meinem Haus stehen, nimmt er mich mit seinen Lippen und Händen direkt wieder in eine bittersüße Gefangenschaft. Mein Puls beschleunigt sich, ein süßes Kribbeln breitet sich in meinem Bauch aus und die Vorfreude auf das, was gleich passieren wird, steigt ins Unermessliche.

Er kickt die Haustür mit seinem Fuß zu, geht auf die Knie, streicht mit seinen Fingern an meinem Bein hinab bis zu meinem Fuß und zieht mir nacheinander die High Heels aus. Er tastet sich meine Beine wieder aufwärts und schiebt den Saum meines Kleides hinauf bis zu meiner Hüfte. Dort angelangt zieht er meinen String langsam hinab und beugt sich währenddessen mit seinem Kopf vor.

Er küsst meinen Venushügel, streicht langsam mit der Zunge darüber und als ich plötzlich seine Finger an meiner Möse spüre, fange ich leise an zu stöhnen. Meine Beine zittern und ich kann es kaum erwarten, ihn endlich zu spüren, vollkommen. Doch er lässt nicht zu, dass ich mich bewege. Er richtet sich auf, dreht mich herum und öffnet den Reißverschluss meines Kleides, um es von meinen Schultern zu streifen. Lautlos fällt es zu Boden und ich bleibe fast nackt, feucht und bis in die Spitzen erregt zurück, freue mich auf das was kommt und genieße es in vollen Zügen.

Behutsam lege ich meine Hand in seinen Nacken und ziehe ihn zu mir heran, damit ich ihn küssen und schmecken kann. Seine Hand wandert auf meinen Rücken, um den Verschluss meines BHs zu öffnen. Rasch landet er direkt neben meinem Kleid auf dem Boden.

Ablassen von Chase ist unmöglich, somit knöpfe ich sein Hemd auf. Mit jedem sich öffnenden Knopf hauche ich ihm einen Kuss auf die immer größer werdende Fläche freier Haut. Ich gehe immer tiefer, bis ich mit den Händen an seiner Hose angekommen bin, öffne seinen Gürtel, dann den Knopf und den Reißverschluss der Jeans und ziehe die Hose samt Boxershorts hinab.

Wieder auf den Beinen, sehe ich ihm in die Augen und will ihn wieder küssen, doch er hebt mich hoch und schmeißt sich mich über seine Schulter.

»Wo ist dein Schlafzimmer?«, fragt er mit rauer und vor Lust heiser gewordener Stimme.

»Erster Stock, zweite Tür links.«

Ehe ich dies ausgesprochen habe, setzt er sich auch schon in Bewegung.

Wir stehen neben meinem Bett, als er sich ein wenig von mir entfernt, um mich genauer anzusehen. Langsam kommt er Schritt für Schritt auf mich zu. Wäre ich nicht schon nackt, würde er mich spätestens jetzt mit seinem verruchten, sexy Blick ausziehen. Er küsst mich ganz zärtlich und wandert Stück für Stück an meinem Hals herunter bis zu meinen Brüsten. Mit der linken Hand zwirbelt er eine Brustwarze und mit der rechten wandert er weiter abwärts meinen Bauch hinab. Ich bekomme eine Gänsehaut und weiß nicht, wie mir geschieht. Der Kerl ist atemberaubend. Unglaublich!

Seine Hand findet erneut meine glatt rasierte Möse und er fährt meine feuchte Spalte entlang, was mir ein Stöhnen entlockt. Die Kombination aus seiner Hand, beziehungsweise seinen Fingern in mir und mittlerweile seinem Mund an meiner Brustwarze ist der Hammer. Ich merke, wie ich mit jeder Bewegung immer höher fliege, dem Himmel entgegen.

Doch als ich kurz davor bin, lässt er schlagartig von

mir ab und stößt mich weg, sodass ich auf dem Bett zum Sitzen komme. Das ist der Moment.

Als er näherkommen will, stoppe ich ihn. Er sieht mich überrascht an, als ich meine Show beginne und vom Bett aufstehe. Langsam gehe auf die Knie, fahre mit meiner Hand von seiner starken und muskulösen Brust hinab, über seinen Bauch bis zu seinem steinharten Schwanz. Ich massiere ihn und fahre mit meiner Zungenspitze über seine pralle Eichel, nehme ihn in den Mund, lutsche und sauge was das Zeug hält und genieße jeden seiner Laute dabei. Sein Schwanz zuckt und als er kurz davor ist, sich in seinem Höhepunkt zu verlieren, packt er mich an den Haaren und stoppt mich so. Seine andere Hand wandert unter mein Kinn und er zieht mich zu sich hinauf. Er küsst mich und gemeinsam lassen wir uns auf das Bett fallen. Unsere Körper verschmelzen miteinander, ohne dass er in mich eindringt, doch ich halte es nicht mehr länger aus. Ich will ihn in mir spüren. Jetzt!

Ich drücke ihm mein Becken entgegen, um ihm zu signalisieren, was ich will und er versteht es. »Kondom?«, haucht er atemlos.

»In der Schublade des Nachttischs«, stöhne ich ihm entgegen.

Er holt ein Kondom aus der Schublade und reißt die Verpackung auf. Langsam und mit ganz viel Ruhe rollt er das Kondom über seinen Schaft und positioniert sich mit seiner Eichel direkt vor meinem Eingang.

Ich bin so unglaublich feucht, dass er mit nur einem einzigen Stoß direkt bis zum Anschlag in mir drin ist. Und dieser Dehnungsschmerz. Einfach herrlich.

Langsam bewegt er sich in mir und wir finden einen gemeinsamen Rhythmus, der uns immer höher trägt, doch ich will noch nicht kommen.

»Chase?«, stöhne ich ihm entgegen. Er brummt nur. »Mach ... langsam ... ich ... will ...«

Doch er küsst mich und ich komme nicht dazu, den Satz zu Ende zu bringen. Er verringert jedoch das Tempo, nimmt einen Nippel in den Mund, saugt an ihm und zwickt hinein. Ich vergehe fast vor Lust, aber ich reiße mich zusammen. Ich möchte nicht, dass es so schnell vorbei ist, denn dazu ist es viel zu gut. Einfach atemberaubend.

Als hätte er meine Gedanken gelesen, dreht er uns herum und ich hocke auf ihm. Ich bewege mich langsam und lasse meine Hüften auf und abgleiten, lasse sie dazu kreisen und treibe ihn damit in den Wahnsinn, bis er die Kontrolle verliert und uns wieder herumwirft. Er stößt fester und rhythmischer zu und trifft dabei immer wieder diesen bestimmten Punkt. Ich merke schlagartig, wie der Höhepunkt wie eine gewaltige Welle über mich hinwegschwappt.

Mit wenigen gezielten, aber kräftigen Stößen kommt auch er und entlädt sich, meinen Namen stöhnend, in mich.

Er rollt uns zur Seite und streift sich das Kondom ab. Ich kuschle mich in seine starken Arme. Gemeinsam gleiten wir, völlig erschöpft und doch glücklich, in einen tiefen, traumlosen Schlaf.

Kapitel 3

Ich werde von einem Flüstern geweckt. Von Chase ist nichts zu sehen, aber ich höre ihn. Vielleicht telefoniert er ja.

Ich stehe auf und gehe in das angrenzende Badezimmer, husche unter die Dusche, putze meine Zähne und ziehe mich an. Fertig angekleidet gehe ich in die Küche und mache uns Frühstück. Ich hoffe, Chase mag Bacon, Eier, Toast, frisch gepressten Orangensaft und eine Tasse Kaffee.

Als der Tisch gedeckt ist mache ich mich auf die Suche nach ihm und finde ihn in meinem Arbeitszimmer.

»Was machst du da?«, frage ich ihn.

Erschrocken dreht er sich zu mir um. »Ich habe mit meiner Mum telefoniert.«

»Und warum dann in *meinem* Arbeitszimmer? Hier hat niemand etwas zu suchen!«, fahre ich ihn an.

»Oh ... Tut mir leid. Kommt nicht wieder vor.«

»Das will ich auch für dich hoffen. Wie würdest du dich fühlen, wenn ich einfach mal zum Telefonieren in dein Arbeitszimmer gehe?«

»Wahrscheinlich genauso wie du«, gibt er achselzuckend zurück.

Ich beschließe, mich nicht weiter in meine Wut hineinzusteigern. »Was wollte sie?«, frage ich ihn. »Falls ich dich das überhaupt fragen darf.«

»Sie hat mich an den Geburtstag meiner Tante erinnert. Der ist am Samstag«, antwortet er höflich.

»Das ist ja schon in drei Tagen.«

»Richtig, und die Sache hat einen Haken.«

»Der da wäre?«, frage ich neugierig.

»Meine Mutter hat ihr erzählt, dass ich mit meiner Freundin komme, aber ich habe ja gar keine.«

Na klasse. Der saß. Ich hätte mir wohl doch nicht so viele Hoffnungen machen dürfen.

»Na, das ist natürlich doof gelaufen«, sage ich mit enttäuschtem Unterton.

»Was ist los? Du klingst irgendwie enttäuscht.«

»Ach nichts«, antworte ich und setze ein Lächeln auf.

»Das glaube ich dir nicht, Samira. Also erzähl.« Er kommt auf mich zu und nimmt mich in den Arm.

»Ich ... ich ... ich dachte, dass das zwischen uns mehr werden könnte als nur ein One-Night-Stand«, erwidere ich geknickt und versuche, meine Tränen zu unterdrücken.

Er sieht mir tief in die Augen und drückt mir einen sanften Kuss auf den Mund. »Du bist mehr für mich.

Wenn du nur ein One-Night-Stand wärst, wäre ich jetzt nicht mehr hier.«

Und mit diesem Satz keimt die Hoffnung wieder in mir auf. Vielleicht habe ich ja nun endlich meinen Traumprinzen gefunden. Immerhin ist er noch bei mir und nicht einfach abgehauen.

»Du sagst ja gar nichts.«

»Weil ich gerade total happy bin. Ich dachte wirklich, ich wäre nur eine von vielen«, entgegne ich und drücke ihm einen stürmischen Kuss auf den Mund, in den ich all meine Empfindungen stecke.

»Nein, du bist sicher nicht eine von vielen. Du könntest die Eine unter allen sein! Doch das wird die Zeit zeigen«, sagt er. Mein Herz macht einen Hüpfer nach dem anderen.

»Komm mit. Ich habe Frühstück gemacht, obwohl das jetzt bestimmt schon kalt ist«, teile ich ihm mit und ziehe ihn an der Hand in die Küche. »Ich hoffe, dass es dir schmecken wird.«

»Ich bin nicht so wählerisch«, entgegnet er belustigt und zieht mich in eine Umarmung.

Als wir uns nach dem Frühstück ins Wohnzimmer verziehen wollen, schicke ich Chase schon mal vor und schaue noch schnell auf mein Handy. Nadine hat mir geschrieben.

Hey Süße, sollen wir uns um 14 Uhr im Antonios treffen?

Sorry für die späte Antwort, aber ja, ich bin dabei.

Super, ich freu mich. Bis später, Süße.

Ich mich auch. Ciao.

Der Mittag mit Chase ist wundervoll. Er hört mir zu, nicht so wie all die anderen Männer.

»Was machst du eigentlich in deiner Freizeit?«, frage ich mit hochgezogener Augenbraue.

»Ich treffe mich gern mit meinen Brüdern, gehe zum Fußball oder trainiere. Aber ich setze mich genauso wie du gern mal auf die Couch und lese ein Buch.«

»Da bin ich aber platt«, stoße ich hervor, ohne mir groß Gedanken zu machen.

»Warum?«

»Ich kenne einfach keine Typen, die gern lesen und vor allem dazu stehen«, gestehe ich.

»Tja, ich bin halt anders«, antwortet Chase mit unüberhörbarer Belustigung in der Stimme. »Ich stehe zu dem, was ich tue oder sage.«

»So sollte es ja auch eigentlich sein, oder nicht?«

Er nickt nur zustimmend und trinkt einen Schluck

»Du hast also Geschwister?«

»Ja, Brüder. Sie sind aber schon vor längerer Zeit weggezogen. Wieso erkläre ich dir aber ein anderes Mal.«

»Na, auf die Story bin ich gespannt.«

»Das kannst du auch sein.«

Er beugt sich zu mir, gibt mir einen sanften Kuss, den ich am liebsten sofort erwidern würde, doch ... Moment! Da fällt mir gerade ein, dass ich noch verabredet bin. Ob Chase es wohl verstehen wird? *Frag ihn, du dumme Pute! Sonst erfährst du es nicht*, schalt mich mein Gewissen.

»Du, Chase, sei mir jetzt bitte nicht böse, aber ich wollte mich in einer Stunde mit Nadine treffen. Sehen wir uns heute Abend wieder? Wir könnten ja zusammen kochen und es uns gemütlich machen. Was hältst du davon?«

»Gern, meine Schöne. Um wie viel Uhr?«, fragt er mit einem Grinsen auf dem Gesicht, das absolut nicht zu übersehen ist.

»Sagen wir um acht?«

»Abgemacht. Ich freue mich.«

Chase und ich erheben uns von der Couch und gehen gemeinsam aus dem Haus.

»Soll ich dich noch irgendwo absetzen?«

»Nein, brauchst du nicht. Bis zu mir ist es nicht besonders weit und ein Spaziergang tut mir auch gut. Wir sehen uns dann heute Abend, ja?«

Ich stelle mich auf Zehenspitzen, lege meine Arme um seinen Hals und sehe ihm tief in die Augen.

»Ja. Ich freue mich auch schon darauf. Sollen wir vorher noch gemeinsam einkaufen gehen oder soll ich schon etwas mitbringen?«, frage ich mit honigsüßer Stimme.

Er beugt sich zu mir hinab und flüstert Millimeter von meinen Lippen entfernt: »Mach dir darum keine Sorgen. Ich bringe alles mit, was wir brauchen könnten. Mach dir einen tollen Tag und denk an mich.«

Ich kann einfach nicht anders und hauche ihm einen langen, intensiven Kuss auf die Lippen. Nur sehr schwer können wir uns voneinander lösen.

»Dann sag ich mal bis später.«

»Bis später, Babe.« Chase drückt mir noch einen kurzen Kuss zum Abschied auf die Lippen, läuft los und verschwindet hinter der nächsten Straßenecke. Ich seufze, steige in meinen Wagen und fahre los in Richtung Antonios.

Kapitel 4

Das Antonios befindet sich in der Umbrastreet, die im Süden von Cline City liegt. Es ist ein schickes, kleines Restaurant eines pummeligen, aber liebenswürdigen Italieners. Antonio ist ein circa einssechzig kleiner Mann mit rundlicherem Körper und einer tollen Ausstrahlung. Er hat dunkles, kurzes Haar, das er sich mit massig viel Gel und Haarspray nach hinten frisiert und braune Kulleraugen.

Als ich das Restaurant betrete, strömt mir schon der köstliche Geruch von Pizza und Pasta entgegen. Wie jedes Mal sehe ich mich erst mal um und fühle mich wie zu Hause. Die Wände sind in einem hellen Beige gestrichen worden und die Tische bilden mit ihrem dunklen Braun den perfekten Kontrast dazu. Auf den Tischen liegen rote Tischdecken, die Kissen auf den Stühlen leuchten in derselben Farbe. Auf den Tischen stehen Vasen mit den verschiedensten Blumen sowie Kerzen, die alles ein wenig romantischer wirken lassen.

Ich sehe mich um und entdecke Nadine schon in einer

Nische sitzen, sie winkt mir zu. Ich gehe zu ihr, sie steht auf und wir fallen uns in die Arme.

»Hey, Süße«, sagt sie, nachdem sie mir einen Kuss auf die Wange gedrückt hat.

»Hey. Ich hoffe, dass du dieses Mal nicht wieder einfach abhaust, während ich gerade für kleine Mädchen bin.« Ich kann meinen Unmut darüber einfach nicht unterdrücken. Allein der Gedanke an gestern Abend lässt meine Wut wieder auflodern.

»Es tut mir leid, Süße. Er war so süß«, schwärmt sie mir vor.

»Hat es sich wenigstens gelohnt, mich sitzen zu lassen?«

»Ehrlich gesagt? Ja, das hat es sich. Er ist so toll, Maus! Wir haben die gesamte Nacht miteinander verbracht und ...«

»Spar dir die Details. Ich will es nicht hören.«

Ich bin angepisst und das soll sie ruhig wissen, auch wenn ich ihr insgeheim dankbar bin. Nur so konnte ich Chase kennenlernen.

»Was hast du den Abend über denn noch getrieben? Du siehst so anders aus. Glücklicher irgendwie.«

Es bleibt auch nichts verborgen. Warum muss sie mich auch so gut kennen? *Weil sie deine beste Freundin ist, du hohle Nuss!* Mein Gewissen schnalzt missbilligend mit der Zunge.

»Ja, ich bin durchaus glücklicher. Um dir deine Frage

zu beantworten: Ich habe gestern auch einen süßen Kerl kennengelernt«, antworte ich grinsend. Hätte ich keine Ohren, würde ich jetzt wohl im Kreis grinsen.

»Nein! Erzähl! Ich will alles wissen.«

Ich erzähle ihr alles von Chase und mir. Nur die heißen Details lasse ich aus, denn ich will ihre ja schließlich auch nicht wissen.

»Ich freu mich total für dich. Du verdienst es.«

»Danke, Maus«, gebe ich nur zurück, denn zu mehr bin ich nicht in der Lage.

»Nicht dafür. Du hast so viel Mist mitgemacht, da ist ein bisschen Glück mal überfällig. Hab Spaß und genieße die Zeit! Wer weiß, wie lange es dieses Mal anhält. Trauern kannst du hinterher noch.«

»Ich weiß«, sage ich und senke den Blick beschämt zu Boden. Ich habe es aber auch mit meiner Paranoia. Irgendwann muss die Scheiße doch mal nachlassen.

»Hey, jetzt schau nicht so. Du schaffst das schon.«

»Klar.«

»Hört sich aber nicht sehr überzeugend an, Madam!«

»Doch. Ich denke positiv. Meistens jedenfalls.« Nadine fängt an zu kichern, wechselt das Thema in sichere Gefilde und ich fühle mich glatt noch viel wohler als vorher.

Wir essen und witzeln herum. Als ich das nächste Mal auf die Uhr sehe, wird mir schlagartig bewusst, dass ich mich in einer Stunde schon mit Chase treffen will.

»Mausi? Ich muss los, denn ich treffe mich gleich schon mit Chase bei mir. Übernimmst du die Rechnung und ich die beim nächsten Mal?«

»Na klar, Süße. Ich wünsche euch einen schönen Abend und tu nichts, was ich nicht auch tun würde«, erwidert sie mit einem schelmischen Grinsen im Gesicht. Wir drücken uns noch gegenseitig Küsschen auf die Wangen und ich verlasse das Restaurant, steige in mein Auto und fahre nach Hause. Die Vorfreude auf Chase und das gemeinsame Kochen wird immer größer.

Es ist wirklich das erste Mal seit langer Zeit, dass ich mal wieder richtig glücklich bin. Ich fühle mich endlich wieder vollkommen und das habe ich allein Chase zu verdanken.

Als ich endlich zu Hause ankomme, steht Chase schon mit drei vollen Einkaufstüten vor der Tür. Mein Herz macht einen gewaltigen Satz und ich freue mich schon total auf den Abend.

Wir gehen gemeinsam ins Haus und Chase stellt die Tüten in die Küche. Ich ziehe meine Schuhe aus und gehe anschließend den Einkauf einräumen.

Chase gesellt sich zu mir.

»Was hast du dir vorgestellt, was wir kochen sollen?«, frage ich lächelnd.

»Ich dachte an selbstgemachte Spaghetti Bolognese. Oder möchtest du lieber Pizza machen?«

Ich denke kurz über seine Vorschläge nach. »Ich hätte Lust auf Pizza.«

»Hattest du nicht vorhin erst welche?«

»Nein. Ich habe mir nur einen Salat bestellt, weil ich ja wusste, dass wir noch gemeinsam kochen wollten.«

»Na, dann wird halt Pizza gemacht.«

Chase drückt mir einen Kuss auf die Lippen und beginnt den Teig vorzubereiten. Mir kommt da gerade so ein Gedanke. Eine Vorstellung von einem völlig vermehlten Chase. Schon allein durch die Idee beginne ich zu schmunzeln und erlaube mir einen Spaß.

»Chase!«, rufe ich ihn, greife in die Schüssel mit dem Mehl und werfe es ihm entgegen. Er starrt mich ungläubig an und ich fange wegen seines verdutzen Gesichtsausdruckes an zu lachen. »Das kriegst du wieder, kleines Biest!« Er dreht den Spieß um und wirft mir das Mehl entgegen. Nach einer kleinen Ewigkeit sieht die Küche aus wie sau, wir sehen aus wie zwei Mehlmonster und krümmen uns schon, weil uns der Bauch wehtut vor lauter Kichern.

Als wir uns etwas beruhigt haben und der Teig zum Gehen im Ofen steht, wenden wir uns dem Belag für unsere Pizza zu. Ich schnipple Paprika und Zwiebeln und er schneidet Schinken und Salami in kleine Streifen.

»Wie sind deine Brüder so?«, frage ich nach einer Weile. Immerhin kann man ja auch beim Schnippeln miteinander reden.

»Calvin ist der Ältere, danach kommt Bennet. Beide sind liebenswerte Chaoten. Sie fehlen mir sehr, aber sie wollen einfach nicht in die Stadt kommen.« Seine Stimme klingt belegt und zeigt mir, dass ihn das sehr mitnimmt.

»Aber du sagtest doch, dass du dich mit ihnen triffst.«

»Ja klar, aber immer nur in Sherwoodfalls. Mich haben sie bisher noch nicht besucht.«

»Vielleicht, weil du noch immer kostengünstiger bei Mami und Papi wohnst?«, gebe ich ironisch zurück.

Seine Augenbrauen ziehen sich wütend zusammen, doch als er in meine Augen sieht, merkt er, dass es nicht ernst gemeint war.

»Ja, daran wird es wohl liegen. Aber was will ich mehr? Immerhin habe ich dort meinen eigenen Eingang und mein Reich, in das meine Eltern nicht reingehen. Ist es etwa zu viel verlangt von Cal und Ben, dass sie mich mal besuchen?«

»Das kann ich nicht sagen.«

Während wir weiter den Belag vorbereiten, sehe ich immer wieder verträumt zu ihm hinüber. Er streift ab und zu über meinen Arm, wenn er sich zur Schüssel beugt, um die Streifen hineinzugeben. Damit jagt er mir Blitze durch den Körper die bis in meinen Unterleib wandern und ein Pochen zwischen meinen Schenkeln heraufbeschwören.

Doch ich reiße mich zusammen, denn schließlich wollen wir zusammen kochen und uns nicht nur die Seele aus dem Leib vögeln.

Eine halbe Stunde später sieht die Küche aus wie ein Schlachtfeld und die Pizza ist im Ofen. Wir haben uns einen Timer gestellt, damit wir beide duschen gehen können, aber die Zeit nicht vergessen. Wir wollen ja nicht, dass unsere Pizza verkohlt.

Als ich aus der Dusche komme, hat Chase bereits den Tisch gedeckt. Während er nach oben geht, sorge ich für etwas Romantik, kümmere mich um den Wein und die Musik und stelle in der ganzen Küche Kerzen auf.

Der Timer klingelt und ich hole die Pizza aus dem Ofen, schneide sie und warte nun nur noch auf Chase.

Er betritt die Küche und bleibt wie angewurzelt stehen. »Wow. Das ist der Hammer«, flüstert er.

Ich fühle mich geschmeichelt und senke den Blick. Er hebt mein Kinn mit seinen Fingern an, schenkt mir einen langen, intensiven Blick und küsst mich mit einer Leidenschaft, die mir den Atem raubt.

Schließlich setzt Chase sich und ich serviere das Essen. Wir lassen es uns schmecken und sehen uns immer wieder in die Augen.

Nach dem Essen setzen wir uns auf die Couch.

»Hast du einen bestimmten DVD-Wunsch, Babe?«, fragt er.

»Nein, mir ist es egal. Such dir einfach etwas aus.«

Chase schaut in mein Regal und greift nach einem Film, den ich nicht erkennen kann. Er legt ihn ein, drückt auf Play und gesellt sich zu mir auf die Couch. Ich möchte so gern in seine Arme rutschen, aber eine innere Macht hält mich davon ab. Also kuschle ich mich in meine Ecke der Couch und lege die Füße auf den Wohnzimmertisch.

Chase kann es wohl nicht mitansehen, denn er zieht meine Beine auf seinen Schoß. Er fängt an, meine Füße zu massieren und ich genieße es. Es fühlt sich toll an und ich entspanne mich.

Der Film ist nur noch Nebensache, denn ich bin tiefenentspannt und absolut glücklich. Chase streckt mir seine Hand hin, und zieht mich zu sich. Nun liege ich in seinen Armen und kann es kaum fassen, dass ich so was noch mal erleben darf. Ich versuche, mich auf den Film zu konzentrieren, aber es gelingt mir nicht. Chase' Herzschlag hört sich viel interessanter an.

Auch gefühlte Minuten später schaffe ich es einfach nicht, denn diesen heißen Mann neben mir liegen zu haben – ja, mittlerweile liegen wir, weil es bequemer ist – ist die reinste Qual.

Schließlich stehe ich auf und gehe ins Badezimmer. Puh, was macht Chase nur mit mir? So ging es mir ja noch nie. Vielleicht bin ich ja doch schon in ihn verliebt ... Immerhin spricht das Kribbeln in meinem Bauch dafür, aber geht das so schnell?

Meine Gedanken drehen sich im Kreis, bis ich mich dazu entschließe, auf mein Herz zu hören, denn das ist das Beste.

Ich lasse mir noch ein wenig kaltes Wasser über meine Handgelenke laufen, um weiter runterzukommen. Nachdem ich aus dem Badezimmer komme, laufe ich auf direktem Weg ins Schlafzimmer, um mir mein schwarzes Negligé anzuziehen. Anschließend will ich mich wieder auf die Couch zu Chase legen, doch so weit komm ich gar nicht.

Chase steht nämlich mit verschränkten Armen in der Tür vom Schlafzimmer und das nur in Boxershorts. Verdammt, der Typ ist sowas von rattenscharf.

Gemächlich gehe ich auf Chase zu, lege meine rechte Hand an seine Wange, küsse ihn und gehe gleichzeitig mit der linken Hand auf Wanderschaft. Als meine Hand an seinem Schritt ankommt, spüre ich seinen harten Schwanz schon. Er zuckt vor lauter Vorfreude.

Unser Kuss wird intensiver, leidenschaftlicher und fordernder. Ich küsse mich seinen Hals hinab, über seine Brust bis zum Bund seiner Boxershorts. Langsam streife ich sie ihm ab und lasse sie zu Boden gleiten. Mit meiner Hand massiere ich seinen Hoden und mit meiner Zungenspitze streiche ich über seine Eichel, seinen Schaft entlang, bis ich ihn tief in meinen Mund nehme, auf und abgleite und dieses Gefühl der Macht über ihn genieße. Ich merke, wie Chase immer abgehackter stöhnt und sein Schwanz anfängt, unkontrolliert zu zucken. Es wird nicht mehr lang dauern, bis er in meinen Mund kommt.

»Babe? Wenn du nicht willst, dass ich in deinem Mund komme, dann ... hör ... ahhh ... jetzt ... ahh ... auf!«, stöhnt er mir entgegen.

Doch, ich will es! Ich will seinen Samen in meinem Mund spüren und schmecken. Und ehe ich diesen Gedanken zu Ende gedacht hab, pumpt er auch schon seinen Saft in mich hinein. Es schmeckt salzig und ein wenig bitter, aber mir zeigt es, dass er nun befriedigt ist. Und ich bin der Grund dafür.

Nachdem Chase sich endlich wieder gefangen hat und wir einen langen Blick ausgetauscht haben, stehe ich auf und küsse ihn. In diesem Kuss schwingt die Bitte mit, dass er mich endlich nehmen oder zumindest befriedigen soll. Er versteht sofort.

Langsam und küssend bewegen wir uns auf das Bett zu. Chase legt mich behutsam darauf und fängt an, meinen Körper zu streicheln. Diese Berührung jagt mir prompt eine Gänsehaut über den ganzen Körper und lässt mich zwischen meinen Beinen förmlich auslaufen.

Er schiebt ein Bein zwischen meine, damit er sich zwischen sie positionieren kann. Obwohl ich dachte, dass er nicht so schnell wieder könnte, ist sein Schwanz erneut hart und seine Eichel stößt an meinen Kitzler, der schon geschwollen ist vor Lust.

Chase küsst mich, so intensiv und mit so viel Gefühl, wie kein anderer vor ihm. Er küsst und saugt an meinem Ohr, weswegen ich mich vor lauter Gänsehaut keinen Millimeter bewegen kann. Er fährt mit seiner Zunge an meinem Hals hinab bis zu meinen Brüsten. Mit einer Hand stützt er sich neben mir auf dem Bett ab und mit der anderen zwirbelt er meinen Nippel.

Sein Mund spielt und saugt währenddessen an meinem anderen. Ich drücke ihm mein Becken entgegen, er nimmt jedoch mit seinem weiteren Abstand. Oh, was für eine Qual.

»Oh bitte, Chase ... Nimm mich endlich ... Ich vergehe vor Lust«, kommt es abgehackt aus meinem Mund. Chase grinst.

»Zuerst habe ich noch etwas anderes mit dir vor, meine Schöne«, raunt er mir zu und ich seufze. Er rutscht etwas tiefer, sodass er nun zwischen meinen Beinen hockt. Mit seinen geschickten Fingern fährt er durch meine triefend nasse Möse. Er beugt sich vor und streichelt mit seiner Zunge über meine Klit. Ich stehe kurz vor einer mächtigen Explosion, doch kurz davor hört er auf und zieht sich zurück.

Wie frustrierend, denke ich. Doch so sehr ich auch in dem Moment enttäuscht bin, umso überraschter bin ich, als er ohne Vorwarnung mit seinem harten Schwanz in mich eindringt und mich bis zum Äußersten dehnt. Chase gibt mir ein paar Sekunden, um mich an ihn zu gewöhnen. Doch die brauche ich nicht, er soll mich ficken. Am liebsten so hart wie möglich, aber zärtlich zugleich. Und dann bewegt er sich endlich.

Ganz langsam rein und umso schneller wieder heraus. Langsam wieder rein und schneller als ich gucken kann wieder heraus. Wenn er so weitermacht, treibt er mich in den Wahnsinn damit.

»Chase! Bitte. Ich halt das nicht mehr aus«, bettle ich.

»Ruhig Blut, Babe. Wir haben die ganze Nacht«, sagte er keuchend, aber dennoch mit extremer Ruhe. Plötzlich liegt er unten und ich sitze auf ihm.

Oh yeah, Baby, das wird verdammt geil, denke ich mir und fange an, mich erst langsam und dann immer schneller zu bewegen. Wir finden einen gemeinsamen Rhythmus und verschmelzen zu einem einzigen Klumpen aus Lust. Ich fange an, ihn zu reiten, werde immer schneller und will es immer härter. Er dreht uns wieder herum und ich liege auf dem Rücken, sodass er sich mit beiden Armen neben meinem Kopf abstützt und sich immer schneller in mich bohrt, fester und tiefer mit seinem Schwanz in mich hinein.

Mir schwirrt der Kopf vor lauter Empfindungen. Mein Höhepunkt kündigt sich mit rasender Geschwindigkeit an und wird mich in Kürze wie ein Schnellzug erfassen.

Als ich komme, schreie ich seinen Namen.

Chase pumpt noch ein paar Mal in mich hinein, bis auch er von seinem Höhepunkt erfasst wird, meinen Namen stöhnt, sich in mich ergießt und völlig erschöpft auf mir liegen bleibt.

Nach wenigen Sekunden oder auch Minuten schiebt er sich von meinem Körper runter und entledigt sich des Kondoms.

»Du hast daran gedacht?«, frage ich ihn.

»Na klar.«

»Ich habe es gar nicht mitbekommen.«

»Du warst ja auch schon vollkommen in Ekstase, meine Schöne«, entgegnet er mit einem Lächeln, welches mein Herz höherschlagen lässt.

Wie kann ein Mann nur so voller Zärtlichkeit und Liebe sein? Mein Ex war dies jedenfalls nicht. Da konnte ich schon froh sein, wenn ich überhaupt zum Höhepunkt kam.

Mit Chase ist das alles schon jetzt so viel anders. Von Sekunde zu Sekunde merke ich immer mehr, wie tief er sich in mein Herz hineinschleicht, sich dort einnistet und von mir absoluten Besitz ergreift.

Kapitel 5

Als ich am nächsten Morgen erwache, steht die Sonne schon hoch am Horizont und Chase liegt schlafend auf dem Rücken neben mir. Es sind noch zwei Tage bis zum Geburtstag von Chase' Tante. Doch mich gefragt, ob ich mitkommen will, hat er immer noch nicht. Meine Gedanken überschlagen sich. *Jetzt halt mal den Ball flach!*, schnalzt mein Gewissen missbilligend mit der Zunge. Na gut, dann lass ich mich mal überraschen. Vielleicht fragt er ja doch noch.

Ich stehe auf, laufe ins Bad und brauche erst mal eine Dusche. Ich habe gar nicht gemerkt, wie lange ich schon darunter stand, als sich plötzlich eine Hand auf meinen Rücken legt.

Ich drehe mich erschrocken um und sehe Chase, meinen Adonis, nackt vor mir. Er steigt gerade zu mir in die Dusche, als ich meine Arme um seinen Hals schlinge und ihn zu mir ziehe, um ihn zu küssen.

Wir verlieren uns in einem langen Kuss. Doch mir brennt etwas auf der Seele, was ich ihm unbedingt sagen will, ob ich ihn damit vergraule oder nicht. Ich löse mich von ihm, was er nur widerwillig zulässt. »Chase? Ich muss dir was sagen.«

Er zieht eine Augenbraue hoch und mustert mich eindringlich. »Was gibt es denn, Babe?«, will er wissen.

»Ich ... ich habe das Gefühl, dich noch gar nicht wirklich zu kennen. Aber ich hoffe, dass wir uns noch viel besser kennenlernen«, stammle ich und senke meinen Blick.

Chase jedoch legt seine Hand unter mein Kinn und zieht meinen Kopf zu sich hoch.

»Hey, Babe, dafür brauchst du dich doch nicht schämen. Mir geht es da nicht viel anders als dir«, bringt er mir in ruhigem Ton entgegen und sieht mir eindringlich in meine Augen. »Samira, Babe, ich will dich noch näher bei mir haben, noch besser verstehen und alles mit dir teilen.«

Ihm geht es genauso wie mir? Wow. Das nennt man dann wohl Anziehungskraft.

»Ja, Chase, ja, ich will, dass wir alles versuchen«, sage ich mit unüberhörbarer Freude in der Stimme.

Von diesem Zeitpunkt an kann ich meine Finger nicht mehr bei mir behalten. Ich bin die glücklichste Frau der Welt. Chase küsst mich, stößt mit seiner Zunge in meinen Mund vor und liefert sich einen erbitterten Kampf mit meiner, währenddessen spielt er mit seinen Fingern an meiner Klit und reizt sie so sehr, dass ich in seinen Mund stöhne und kurz vorm Kommen bin. Doch Chase lässt es nicht zu und dreht mich auf der Stelle um. Ich stütze mich an der Wand ab und beuge mich leicht vor, sodass Chase leichtes Spiel mit mir hat.

Ich habe eigentlich erwartet, dass er sofort von hinten in mich eindringt, jedoch geht er auf Tauchstation, spielt mit seinen Fingern an meiner Klit und leckt mich nebenbei. Es ist so wahnsinnig geil. Unbeschreiblich, was dieser Mann in mir auslöst.

Als mein Höhepunkt unaufhaltbar näherkommt, richtet er sich auf, reißt eine Kondompackung auf, rollt es sich über und dringt langsam und zärtlich von hinten in mich ein. Erst stößt er langsam rein und raus, doch mit jedem Mal verliert auch er etwas mehr die Beherrschung und pumpt immer schneller und wilder in mich hinein. Ich merke, wie sich der Höhepunkt langsam in mir aufbaut, doch ich will noch nicht kommen. Ich will es genießen.

»Babe ... komm ... für ... mich«, stöhnt Chase mir ins Ohr und haucht mir Küsse auf meinen Rücken und Nacken. Das ist zu viel, auf einmal schwappt der Höhepunkt mit so einem gewaltigen Ausmaß über mich hinweg, dass ich Sterne sehe.

Chase hält mich noch eine Weile sicher in seinen Armen, nachdem er sich des Kondoms entledigt hat. Sobald ich mich wieder gefangen habe, schnappe ich mir das Duschgel und wasche mich gründlich.

Nach der Dusche ziehen wir uns beide an, bestellen uns Sushi und machen es uns auf der Couch bequem.

»Babe?«, fragt er.

»Hm?«, seufze ich.

»Magst du mich vielleicht auf den Geburtstag übermorgen begleiten?«

Mir entgeht die Hoffnung, aber auch die Unsicherheit in seiner Stimme nicht, deswegen foltere ich ihn nicht lange.

»Na klar! Immerhin wollen wir uns ja besser kennenlernen. Dazu gehört wohl auch deine Familie.«

Mit strahlenden Augen küsst er mich, als gäbe es kein Morgen mehr.

Es ist der letzte Tag vor dem Geburtstag von Chase' Tante. Ich sitze in der Küche und warte mit dem Frühstück auf ihn. Er ist duschen, denn die Runde Frühsport am Morgen war wieder mal äußerst reizvoll.

Die Zeit mit Chase ist wahnsinnig toll. Ich fühle mich so geborgen und sicher in seiner Gegenwart. Doch was ist das nun? Ich verstehe es nicht. Ich habe noch nie so gefühlt, nicht so auf den Körper eines Mannes reagiert.

Ich husche in den Flur und versuche Nadine anzurufen, doch sie geht auch nach mehrmaligem Klingeln nicht dran. In dem Moment, als ich das Handy weglege, kommt Chase in die Küche. Wahrscheinlich hat ihn der frisch gekochte Kaffee angelockt.

»Das riecht aber gut hier«, bestätigt er indirekt meinen Gedanken und gibt mir einen Kuss auf die Wange. Wir setzen uns an den Tisch und genießen das Frühstück. Ich erzähle ihm davon, dass ich mich später mit Nadine treffen wollte, aber sie sich nicht gemeldet hat und sage ihm ebenfalls, dass ich in die Stadt möchte, um mir ein Kleid für den Geburtstag seiner Tante zu kaufen. Allein, um ihn damit zu überraschen.

»Ach, Babe. Du kannst tun und lassen, was du willst. Ich bin gespannt, was du dir für ein Kleid kaufen wirst. Sehen wir uns dann heute Abend? Oder magst du einen Abend deine Ruhe vor mir haben?«, fragt er mit einem breiten Grinsen auf dem Gesicht. Ich verpasse ihm einen Schlag gegen die Schulter und fange lauthals an zu lachen.

»Quatsch. Ich bin froh, wenn du da bist und wir die Zeit zusammen genießen können«, schwärme ich und sehe ihn verträumt an. Chase steht auf, nimmt meine Hand und zieht mich zu sich hoch. Als ich neben ihm stehe, legt er eine Hand um meine Taille und die andere in meinen Nacken. Behutsam küsst er mich und stößt immer wieder mit seiner Zunge vor in meinen Mund.

Als Chase sich auf den Weg nach Hause gemacht hat, kann ich mich endlich fertigmachen. Ich steige in mein Auto und fahre ins Cline Centro, um mir ein neues Outfit zu kaufen.

Nach gefühlten Stunden bin ich mittlerweile in der achten Boutique und habe noch immer kein Kleid gefunden, das mir zusagt. Ich werde wohl tiefer in die Tasche greifen müssen und mal in die neue Designerboutique Glissem gehen. Dort muss ich einfach ein Kleid für morgen finden. Immerhin will ich einen guten Eindruck bei Chase' Mutter und seiner Tante hinterlassen.

Ich gehe hinein und traue meinen Augen kaum. Es gibt hier so viele tolle Kleider, dass ich am liebsten alle mitnehmen möchte. Ich probiere ein schwarzes an, doch das lässt mich viel zu blass aussehen. Dann ein rotes, doch auch das sieht nicht gut aus. Ich lass mich von der Verkäuferin beraten, diese verschwindet kurz und bringt mir anschließend wieder ein schwarzes Kleid. Doch dieses sieht ganz anders aus als das erste, das ich anhatte. Es hat einen V-Ausschnitt, der nicht zu tief geht, unter den Brüsten ist es enger gerafft und fällt dann nach unten weit auseinander. Es ist perfekt und der Preis ist auch gar nicht mal so hoch.

Zehn Minuten später und ein paar hundert Dollar ärmer verlasse ich die Boutique und fahre nach Hause.

Dort angekommen gehe ich direkt in die Küche, öffne eine Flasche Wein und gönne mir ein Gläschen, das ich mir nach dem anstrengenden Shoppingtag wirklich verdient habe. Danach fühle ich mich gleich viel entspannter und kann es kaum erwarten, dass Chase gleich da ist.

Ich versinke in meinen Gedanken an ihn. Wie schon den ganzen Tag lang schaffe ich es auch jetzt nicht, ihn einmal aus meinen Gedanken zu vertreiben. Eher sollte ich mich mal danach fragen, warum Nadine sich noch nicht zurückgemeldet hat. Immerhin habe ich es ja heute bei ihr versucht. Ach, wer weiß, sie wird bestimmt ihren Spaß haben und sich morgen bei mir melden.

Kapitel 6

Eine halbe Stunde später steht Chase vor der Tür und reißt mich aus meinen Überlegungen über ihn und Nadine, was auch gut so ist. Mein Herz macht einen gewaltigen Hüpfer als ich ihn endlich sehe, denn ich habe ihn in den paar Stunden schon gewaltig vermisst.

»Hey, mein Schöne, wie war dein Tag?«, fragt er, doch ich habe andere Sachen im Kopf. Ich ziehe ihn in die Wohnung und küsse ihn mit einer Leidenschaft und einem Verlangen, dass mir selbst schon schummerig wird. Wir bewegen uns langsam küssend weiter die Treppe hinauf.

Im Schlafzimmer angekommen löst Chase sich von mir und sieht mich mit einem vor Lust verhangenem Blick an. Er schiebt mein T-Shirt hinauf und zieht es mir über den Kopf. Sanft küsst er mich auf die Lippen, an meinem Kinn entlang, meinen Hals hinunter und legt mit seinen Händen meine Brüste frei, um sie anschließend mit seinem Mund zu verwöhnen. Ich stöhne auf und er drängt mich in Richtung meines Bettes.

Behutsam drückt er mich in die Kissen und küsst meinen Bauch hinab. Mit seinen Fingern fährt er unter den

Bund meiner Jogginghose, in meinen Slip hinein und teilt schließlich meine Schamlippen. Er massiert meine empfindlichste Stelle und ich genieße es. Schneller als mir lieb ist lässt er von mir ab, damit er mir die Jogginghose samt Slip ausziehen kann, gefolgt von seinen Anziehsachen.

Einen Moment bleibt er stehen und ich sehe ihn in seiner vollen Pracht. Sein Schwanz sieht so groß aus, dass ich fast glaube, er würde nicht in mich hineinpassen – aber das weiß ich ja besser. Das Prickeln in meinem Unterleib wird immer heftiger.

Ich stehe auf, gehe auf ihn zu und küsse ihn. Jetzt ist es an mir, ihn auf das Bett zu bugsieren. Da ich es aber nicht aushalte, nehme ich ihn nicht in den Mund, sondern hocke mich direkt auf ihn und lasse mich ganz langsam auf ihn sinken, bis die Eichel seines Schwanzes meine Schamlippen geteilt hat. Dann lasse ich mich mit einer schnellen Bewegung ganz auf ihm nieder und wir fangen an zu stöhnen. Er packt mich an den Hüften und wir bewegen uns im absoluten Einklang.

Sein Schwanz trifft immer wieder diesen einen Punkt – das Zentrum meiner Lust. Ich beuge mich zu ihm, küsse ihn und er rammt sich immer schneller in mich.

Er dreht uns herum, sodass er oben ist, und führt ihn wieder ein. Ganz langsam und geschmeidig, als hätten wir gerade erst angefangen. Er treibt uns immer höher, immer weiter und unser Stöhnen ist nur noch ein abgehacktes Keuchen. Er packt mich an meinen Knien und drückt sie an seine Brust, sodass er noch tiefer in mich stoßen kann. Es ist absolut atemberaubend.

Chase schaut mir tief in die Augen und haucht: »Komm für mich!«

In diesem Moment kann ich nicht mehr an mich halten und komme mit einem lauten Schrei. Chase stößt noch ein paar Mal heftig zu, bis auch er, meinen Namen stöhnend, zum Höhepunkt kommt, sich in mich ergießt und total erschöpft auf mir zum Liegen kommt.

Nach einiger Zeit rollt er sich von mir runter und zieht mich in seine Arme. Kuschelnd fallen wir in einen tiefen Schlaf.

Als ich am Morgen erwache, schläft Chase noch tief und fest, doch ich bin sofort hellwach. Es ist der Tag von Mrs. Aberaths Geburtstag. Sofort ergreift mich die Panik, hastig stehe ich auf und renne förmlich unter die Dusche, ohne vorher auf die Uhr gesehen zu haben. Ich wasche mich im Eildurchgang und stürme in die Küche. Mein Blick bleibt an der Uhr hängen und ich schrecke zusammen. *Es ist doch erst zehn Uhr früh, du dumme Nuss! Warum so eine Eile?*, bellt es in meinem Kopf. Ja, stimmt, warum eigentlich? Wir müssen doch erst um siebzehn Uhr bei Chase' Eltern sein.

Also mache ich in Ruhe das Frühstück und bringe es Chase ans Bett. Dieser schnuppert natürlich direkt und blinzelt.

»Babe? Ich habe Frühstück gemacht. Mach die Augen auf«, säusle ich ihm zu.

Er reagiert prompt, schlägt die Augen auf und grinst mich an. »Danke, meine Schöne, aber ich hätte auch in die Küche kommen können.«

»Papperlapapp. Ich will dir was Gutes tun, also lass es bitte auch zu.« Nun ist es an mir, zu grinsen.

Wir sitzen beide im Bett und lassen uns das Frühstück schmecken, als Chase' Handy klingelt. Er geht natürlich ran und zieht nur eine Augenbraue hoch.

»Meine Mom möchte, dass wir schon um fünfzehn Uhr da sind. Hast du etwas dagegen?«

Ich schaue kurz zur Uhr und schüttle dann den Kopf. Er verabschiedet sich und legt auf.

Als Chase später ins Bad geht bleibe ich allein zurück. Das doofe Gefühl in meiner Magengegend wird immer schlimmer. Irgendetwas wird heute noch passieren, doch was, das kann ich nicht sagen. Ich habe nur so eine Vorahnung.

Es ist kurz vor fünfzehn Uhr, als wir mit Chase' Auto auf die Einfahrt seines Elternhauses zufahren. Meine Nervosität reicht nun bis ins Unendliche. Zum Glück hat Chase schon ein Geschenk für seine Tante besorgt, sodass ich mir darüber nicht auch noch Gedanken machen musste.

Er parkt das Auto direkt vor der Tür, steigt aus, huscht auf meine Seite und hilft mir beim Aussteigen. Händchenhaltend gehen wir auf die Tür zu, die im selben Moment geöffnet wurde, in dem wir gerade die letzte Stufe betreten haben. Vor uns steht ein älterer Mann mit dunklen Haaren und Vollbart. Er mustert mich und ich werde rot.

»Hallo, mein Name ist James«, sagt er und reicht mir die Hand. »Ich bin Chase' Vater.«

»Hallo, ich heiße Samira, Samira Haddox. Freut mich, Sie kennenzulernen.«

»Sag doch bitte du, Samira.«

»Äh, klar«, gebe ich zurück und merke, wie meine Wangen noch roter werden.

»Kommt doch bitte rein. Oder wollt ihr hier draußen stehen bleiben?«

Wir folgen seiner Aufforderung und gehen ihm nach. Im Haus angekommen, bleibt mir für einen kurzen Moment die Luft weg. Es ist total schön eingerichtet. Entweder war hier ein Innenarchitekt am Werk oder Mrs. Cooper hat ein gutes Händchen für so etwas. Überall hängen Bilder von verschiedenen Malern. Die Wände sind in beige gehalten und der Fußboden ist mit dunklem Parkett belegt. Der Kontrast ist einfach perfekt.

Ich folge Chase ins Wohnzimmer. Dort sitzen zwei

ältere Damen. Ich schätze mal, dass es Chase' Mutter und seine Tante sind.

Die linke Dame kommt auf uns zu und mustert mich mit finsterem Blick.

Ich strecke ihr meine Hand hin. »Hallo, mein Name ist Samira. Ich freue mich, Sie kennenzulernen.«

Doch die Frau hält es nicht für nötig, mir die Hand zu reichen.

»Schön, Sie dürfen mich Mrs. Cooper nennen. Ich bin Chase' Mutter.«

Ich sehe Chase traurig an. Was habe ich ihr denn bitte getan, warum bringt sie mir so eine Ablehnung entgegen, obwohl wir uns noch nie begegnet sind? Chase drückt meine Hand und in seinen Augen sehe ich sein Verständnis für mich.

»Maria, das gehört sich nicht!«, tadelt ihr Mann sie und die andere Frau kommt auf uns zu.

»Ich bin Chase' Tante. Maggi Aberath. Ich würde es allerdings begrüßen, wenn Sie mich Mrs. Aberath nennen, bis wir uns etwas näher kennen«, erklärt sie und streckt mir die Hand hin, um sich gleichzeitig einen bösen Blick ihrer Schwester einzufangen.

»Samira Haddox«, sage ich unsicher. Ich sehe im Augenwinkel, wie Mrs. Cooper der Mund offen stehen bleibt, denke mir jedoch nichts dabei.

»Kommt, wir gehen ins Esszimmer. Der Kuchen wurde gerade bereitgestellt«, verkündete James Cooper. Alle folgen ihm, nur Chase und ich bleiben noch einen kurzen Moment stehen.

»Komm, meine Schöne. Mach dir nichts aus meiner Mom. Sie ist zu jedem so.«

Ich versuche zu lächeln, doch ich kriege es nicht hin. Chase legt eine Hand an meine Wange, sieht mir tief in die Augen und küsst mich. Dann nimmt er meine Hand und führt mich ins Zimmer, wo die anderen schon sitzen und nur auf uns warten.

Wir essen jeder unsere Stücke Kuchen. Das dabei herrschende Schweigen ist kaum auszuhalten. Mit jedem Blick in Mrs. Coopers Richtung merke ich, wie sehr sie mich ablehnt. Sie akzeptiert mich einfach nicht. Mir wird klar, warum Chase' Brüder heute nicht hier sind. Kein Wunder, bei so einer Schreckschraube.

James versucht, ein Gespräch in Gang zu bringen, doch Mrs. Cooper hat nichts anderes zu tun, als jede meiner Bemerkungen zu kritisieren und das Gespräch im Keim zu ersticken.

Schließlich halte ich es nicht mehr aus, stehe auf und verabschiede mich von allen. Ich gebe Chase einen Kuss auf die Wange und verlasse schon fast rennend das Haus und danach das Gelände.

An der Straße angekommen winke ich mir ein Taxi heran und lasse mich nach Hause bringen.

Kaum ist die Tür hinter mir zugefallen, lasse ich meinen Tränen freien Lauf.

Kapitel 7

Chase

Ich starre meine Mom fassungslos an, doch sie erwidert meinen Blick nicht, sondern tratscht mit meiner Tante über Samira. Ich werde immer wütender.

»Mom!«, schreie ich sie an. Sie erwidert meinen Blick überrascht.

»Was ist denn, mein Sohn?«, säuselt sie mit honigsüßer Stimme. Ich könnte kotzen.

»Was zum Teufel hat das alles zu bedeuten? Warum bist du dermaßen gegen sie, obwohl du sie überhaupt nicht kennst? Du gibst ihr ja nicht einmal eine Chance!«, brülle ich, sodass selbst mein Vater zusammenzuckt.

»Ich kenne sie sehr wohl, mein Sohn. Sie ist nichts als eine billige Hure! Ob du es glauben willst oder nicht, sie ist nicht gut für dich. Und ich werde es nicht dulden, dass du dich weiter mit ihr triffst!«

»Das geht dich einen feuchten Dreck an, Mutter. Ich bin achtundzwanzig Jahre alt und kann machen, was ich will, wann ich will und wie ich will. Kein Wunder, dass Calvin und Bennet abgehauen sind, sobald sie die Möglichkeit hatten.«

Ich stehe auf und verlasse das Zimmer, doch meine Mum kommt mir nach.

»Junge, sie ist nicht gut für dich, versteh das doch! Und verdammt noch mal, lass deine Brüder daraus. Die haben hiermit nichts zu tun.«

»Es ist doch meine Entscheidung. Ich will sie und keine andere. Sie haben nichts damit zu tun? Bei denen hast du doch dasselbe abgezogen!«

»Niemals! Ich will doch einzig und allein, dass ihr glücklich seid. Ist das so schwer zu verstehen? Ich werde sie nicht akzeptieren!« Wutschnaubend geht sie zurück ins Haus.

Irgendetwas stimmt mit meiner Mutter nicht und ich werde herausfinden, was es ist. Sie war sonst nie so ablehnend gegenüber Freundinnen von mir. Warum dann ausgerechnet bei Samira? Wobei sie ja bei der jetzigen Freundin von Calvin auch ein Problem hat. Hat sie vielleicht ein Geheimnis?

Doch es hilft alles nichts. Ich steige in mein Auto und mache mich auf den Weg zu Samira. Ich will sie jetzt nicht allein lassen.

Samira

Ich halte es zu Hause einfach nicht aus. Mir fällt die Decke auf den Kopf. Was war das bloß bei Chase' Eltern? Ich bin total verzweifelt, weine die ganze Zeit und weiß nicht, wohin mit mir.

Ich gehe aus dem Haus, steige in mein Auto und fahre zu meinen Eltern. Abstand und Ablenkung werden mir bestimmt guttun und so wie ich Mom kenne, hat sie bestimmt noch einen Rat für mich.

Zwanzig Minuten später halte ich vor meinem Elternhaus. Die Fenster sind hell erleuchtet, also sind Mom und Dad da.

Ich steige aus, gehe zur Tür und klingle. Meine Mom öffnet und ich falle ihr schluchzend in die Arme.

»Um Gottes willen, was ist denn los, mein Kind?«

Ich erzähle ihr, was bei den Coopers vorgefallen ist und verfalle immer wieder in einem Heulkrampf. Ich bin froh, dass meine Mutter mich in den Arm nimmt, denn das brauche ich jetzt. Ich fühle mich so allein mit allem.

»Samira. Ich weiß nicht, was genau passiert ist, aber manchmal fasst man etwas falsch auf. Ich verstehe solche Menschen nicht, die einem nicht mal eine Chance geben, dabei bist du eine so kluge, hübsche, junge Frau. Lass dir nichts einreden und wenn Chase, so hieß er doch, sich alles gefallen lässt, ist er sowieso nicht der Richtige.«

Ich schaue meiner Mom in die Augen und merke, wie ich mich langsam wieder beruhige.

»Kann ich heute Nacht bei euch bleiben, Mom? Ich möchte noch nicht nach Hause. Da ist alles voll mit seinem Geruch.«

»Klar kannst du das, mein Schatz«, sagt sie und drückt mir einen Kuss auf die Stirn.

Wir verbringen den Abend bei einem Glas Wein und Chips auf der Couch und schwelgen in Erinnerungen, bis die Müdigkeit von mir Besitz ergreift und ich mich verabschiede, um ins Bett zu gehen.

In meinem alten Zimmer angekommen, lasse ich mich auf mein Bett fallen und fange an zu schluchzen, doch Tränen kommen keine mehr.

Schließlich schlafe ich ein. Doch meine Gedanken sind immer noch bei Chase.

Chase

Seit zwei Stunden stehe ich vor Samiras Haus, doch es ist stockduster. Ihr Auto steht ebenfalls nicht da und so langsam mache ich mir Sorgen. Je länger ich hier warte, desto mehr verwandelt sich die Sorge in Wut. Wut auf meine Mutter, denn nur ihretwegen ist Samira einfach abgehauen.

Ich starte meinen Motor und brause mit überhöhter Geschwindigkeit zu meinen Eltern zurück. Meine Mutter ist auf jeden Fall noch wach.

Am Haus angekommen, renne ich zum Eingang, öffne die Tür mit dem Ersatzschlüssel und stürme ins Haus. Manchmal bin ich echt glücklich, dass sie den Schlüssel immer unter dem Blumenkübel neben der Tür liegen lassen. Immerhin habe ich ja damals darauf bestanden, meinen eigenen Eingang zu bekommen, sodass sie auch nicht durch irgendeine Tür im Haus in mein Reich eindringen können.

Im Wohnzimmer höre ich schon das Gelächter von Mom und Tante Maggi. Meine Wut steigt ins Unermessliche. »Warum tust du mir das an, Mutter?«, brülle ich.

Sie schaut mich verdutzt an.

»Was tue ich dir an, mein Sohn?«

»Du bist schuld daran, dass Samira weg ist und ich sie nicht finde. Ich mache mir Sorgen um sie und du? Du trinkst seelenruhig ein Glas Wein nach dem anderen. Schämst du dich nicht?«

Sie sieht mich böse an.

»So sprichst du nicht mit mir!«, ruft sie und wird dabei immer lauter. »Ich will immer noch das Beste für dich und nicht irgendeine x-beliebige Hure! Finde dich damit ab. Ich werde sie niemals akzeptieren!«

Ich werde sauer, schnappe mir die Weinflasche und schmeiße sie gegen die Wand.

Von dem Streit ist mein Vater wach geworden und kommt, nur mit seinem Bademantel bekleidet, zu uns hinunter.

»Was ist denn hier los?«

»Dein Sohn hat keinen Respekt mehr vor seiner Mutter! Das ist los und noch dazu interessiert es ihn nicht, dass seine Freundin eine Hure ist.«

»Na, na, Maria. Es reicht jetzt«, stellt er mit tadelndem Unterton fest.

»Nein, es reicht nicht. Solange er diese Nutte datet, will ich ihn nicht wiedersehen!«

Meinem Dad und mir fällt alles aus dem Gesicht. Wir sind sprachlos.

Aber es vergehen nur Sekunden, bis ich meine Sprache wiederfinde.

»Na gut, wenn du es so willst. Ich bin dann mal weg.« Ich drehe mich um und gehe zur Tür.

Auf dem schnellsten Weg fahre ich wieder zu Samiras Haus, in der Hoffnung, dass sie nun doch zuhause ist. Doch als ich ankomme, ist das Licht immer noch aus.

Niedergeschlagen bleibe ich im Wagen sitzen und will warten. Warten, bis sie heimkommt und ich mit ihr reden kann. Wir dürfen jetzt nicht aufgeben. Sie wächst mir doch gerade so extrem ans Herz. Ich könnte es nicht ertragen, wenn das mit uns enden würde, bevor es richtig angefangen hat.

Kapitel 8

Samira

Es ist noch früh am Morgen, als ich mich in mein Auto setze und nach Hause fahre. Ich habe das Frühstück mit meinen Eltern nicht mal abgewartet, denn runterbekommen hätte ich eh nichts.

Ich komme an meinem Haus an, parke den Wagen, steige aus und erstarre in meiner Bewegung.

Gegenüber von meiner Haustür steht der Wagen von Chase.

Was zum Teufel macht er hier? Und vor allem, seit wann steht er hier?

Ich bin so verwirrt, dass ich hingehe und an das Fenster klopfe. Er schreckt hoch und sieht mich an.

Sofort zieht er den Schlüssel aus dem Zündschloss, reißt die Tür auf, schmeißt sie wieder zu und zieht mich in seine Arme.

»Oh Gott, Baby! Ich dachte schon, dir sei was passiert. Fuck! Es tut mir so leid. Du warst so schnell weg, dass ich dir nicht mehr hinterherkam. Ich stand hier und du warst nicht da. Ich dachte wirklich, du wärst weg. Ich dachte …«, doch weiter lasse ich ihn nicht sprechen.

»Nicht hier, Chase. Lass uns das drinnen bereden, meine Nachbarn müssen nicht alles wissen.« Ich nehme ihn an der Hand und ziehe ihn mit zum Haus.

Mein Weg führt direkt in die Küche, um mir einen Tee zu kochen. Dien brauche ich jetzt wirklich dringend, denn mir ist nicht nur äußerlich, sondern auch innerlich kalt.

Chase kommt zu mir in die Küche und beobachtet mich.

»Samira, Babe, bitte. Sprich mit mir.«

»Was willst du von mir hören? Mir geht es scheiße. Ich fühle mich alleingelassen. In den sechsundzwanzig Jahren meines Lebens hatte ich nicht mal ansatzweise so viel Stress in einer Beziehung. Wenn man das alles überhaupt Beziehung nennen kann. Das ist … alles so unfair.«

Ich kann die Tränen nicht mehr zurückhalten. Chase kommt auf mich zu und nimmt mich in den Arm.

»Babe? Ich glaube dir. Verdammt, ich … ich habe mich in dich verliebt. Ich will alles mit dir durchstehen. Dieser Abend hat mir gezeigt, wie sehr du mir ans Herz gewachsen bist. Ohne dich … ohne dich will ich einfach nicht mehr.«

Ich sehe ihn nur noch verschwommen. Ich kann gar nicht glauben, dass er trotz allem hier ist.

»Meinst du, mir macht es Spaß, immer die Dumme zu sein?« Ich weine nun nicht mehr aus Verzweiflung, sondern aus Wut. »Deine Mutter hasst mich und macht nicht einmal ein Geheimnis daraus.«

»Was soll ich denn tun? Sie ist immer noch meine Mutter«, antwortet er sanft.

Gibt es überhaupt etwas, was er tun kann? Ich möchte ihn nicht vor die Wahl stellen, immerhin ist sie seine Mom. Aber so behandeln lassen will ich mich auch nicht.

»Du sagst mir zwar, dass du mich liebst, beziehungsweise dich in mich verliebt hast, aber dann steh doch gefälligst auch zu mir.«

»Das tue ich, Babe. Ich werde mit ihr reden und ihr klarmachen, dass du zu mir gehörst.«

»Wirklich?«, frage ich unsicher.

»Ja. Wirklich, meine Schöne.«

Mein Herz macht einen Hüpfer und ich merke, wie mir so langsam wieder warm wird. Ich bin glücklich darüber, dass er mir dieses Geständnis abgenommen hat. Glücklich, dass er nicht auf seine Mom gehört hat und bei mir ist.

»Mir geht es da nicht anders. Ich ... ich wusste es schon vom ersten Moment an«, gestehe ich und senke meinen Blick beschämt zu Boden.

Er hebt mein Kinn mit seinen Fingern an, schenkt mir ein strahlendes Lächeln und sieht mir tief in die

Augen. Ich stelle mich auf die Zehenspitzen, um ihn zu küssen und husche mit einer Hand unter sein T-Shirt, ziehe es ihm über den Kopf und lasse es zu Boden fallen. Anschließend schnappe ich mir seine Hand und ziehe ihn mit mir ins Badezimmer. Er folgt mir ohne Widerworte, ein erleichtertes Lächeln auf den Lippen.

Ich entledige mich meiner Klamotten und fummle anschließend an seinem Gürtel herum, um ihn zu öffnen. Als ich diese Hürde überwunden habe, öffne ich den Knopf seiner Jeans und ziehe sie samt Boxershorts hinunter.

Sein Schwanz springt mir schon entgegen und ich nehme ihn sofort in den Mund. Jedoch nur kurz, denn ich will etwas Anderes. Ich will ihn in mir.

Ich stehe auf, überhäufe Chase mit Küssen und dirigiere ihn zum Bett. Er lässt sich darauf fallen und zieht mich mit sich, dreht uns herum und zwirbelt meine Brustwarze, während er die andere mit dem Mund stimuliert.

Ehe ich mich versehe, ist er mit seinem Schwanz in mir. Er zieht sich wieder zurück, um danach wieder langsam in mich hinein zu gleiten. Er wiederholt dies noch ein paar Mal, bis ich stöhnend bettle.

»Chase, bitte. Fick mich.«

Er beginnt zu grinsen und folgt meiner Bitte und stößt schneller und härter zu als je zuvor. Er legt meine Beine über seine Schultern, um noch tiefer in mich stoßen zu können. Er füllt mich aus, bis aufs Äußerste. Er beschleunigt sein Tempo noch mal, beißt liebevoll in meinen Nippel und küsst mich anschließend.

Ich schließe meine Augen, um mich auf meinen Höhepunkt zu konzentrieren, aber Chase stöhnt: »Mach die Augen auf! Ich will es sehen, wenn du kommst.«

Ich tue ihm den Gefallen und als es soweit ist, komme ich mit einem lauten Schrei.

Erschöpft sacke ich aufs Bett zurück. Chase stößt noch ein paar Mal heftig zu, bis auch er, meinen Namen stöhnend, kommt und sich in mich ergießt.

Eindeutig zufrieden erhebt er sich, haucht mir ein paar Küsse auf den Bauch und läuft ins Bad, um zu duschen.

Ich bin so erschöpft, dass ich sofort in einen tiefen Schlaf falle.

Am Morgen werde ich von einem herrlichen Geruch geweckt. Es duftet nach Eiern und Bacon.

Sofort erhebe ich mich aus dem Bett und marschiere in die Küche. Mich erwartet ein Anblick für die Götter: Chase steht am Herd und nimmt gerade die Schürze ab.

Ich schleiche mich an ihn heran und küsse ihn auf den Oberarm. Erschrocken fährt er zusammen und dreht sich rum.

»Oh Gott, mach das nie wieder, Babe! Ich hätte fast einen Herzinfarkt bekommen.«

Ich schaue ihn mit meiner Unschuldsmiene an, aber ich kann sie nicht lang aufrechterhalten und pruste los. Vor lauter Lachen bekomme ich Bauchschmerzen und Tränen laufen meine Wangen herunter.

Chase schaut mich noch kurz an, als wolle er mich töten, aber dann fängt er selbst an zu lachen. Mein Magen beginnt lauthals zu knurren, was ihm nach fast 18 Stunden Schlaf auch nicht zu verübeln ist.

Wir setzen uns an den Tisch und frühstücken in Ruhe, bis das Handy von Chase zu klingeln beginnt. Er schaut kurz drauf und nimmt schließlich ab.

Immer wieder brummt er ins Telefon, bis er letztlich sagt: »Alles klar. Wir überlegen es uns. Ciao.«

Ich schaue ihn verdattert an. Er zögert kurz.

»Meine Mom hat uns zum Versöhnungsessen heute Abend eingeladen«, sagt er dann. »Sie möchte das alles aus der Welt schaffen.«

Mir fällt vor Staunen die Kinnlade runter und nun ist es an Chase, hemmungslos zu lachen.

»Muss das wirklich sein?«, fragte ich, als ich meine Sprache wiedergefunden habe. »Hinterher drückt sie mir ja doch wieder Sprüche rein. Das würde ich nicht ertragen.«

Chase steht kopfschüttelnd auf, umrundet den Tisch und nimmt mich in die Arme.

»Alles ist gut, Babe. Ich bin bei dir, sie wird dir nichts tun.«

Mein Blick bleibt auf ihn gerichtet. Soll ich das wirklich machen? *Was hast du schon zu verlieren, du Nuss?*, schnauzt mein Gewissen mich an.

»Na gut, Honey. Wir gehen hin, aber bleibe bitte wirklich bei mir. Okay?«

Ich sehe förmlich, wie die Unsicherheit aus seinem Blick verschwindet und seine Augen zu strahlen beginnen. Ich hingegen bin immer noch total verwirrt und weiß einfach nicht, was ich von dem Angebot halten soll. Ich habe schon wieder ein total flaues Gefühl in der Magengegend. Na ja, ich werde es ja heute Abend sehen. Also immer schön positiv denken.

Kapitel 9

Chase

Während Samira duschen ist, frühstücke ich zu Ende und kümmere mich um den Abwasch, doch mich lassen die Gedanken an das Telefonat nicht los. Meine Mutter führt irgendetwas im Schilde und ich muss unbedingt herausfinden, was es ist. Nur wie stelle ich das an? Ich will nicht, dass meine Mutter mir alles versaut.

Kurzerhand laufe ich die Treppe hoch ins Bad und reiße mir förmlich die Anziehsachen vom Leib. Schnell steige ich zu Samira in die Dusche und schiebe einen Arm um ihre Hüfte.

Sie zieht erschrocken die Luft ein und dreht sich zu mir rum. Bevor sie ausrutschen kann, fange ich sie auf und ziehe sie an meine Brust. Sie krallt sich an mir fest, hebt den Kopf und schenkt mir ein Lächeln, das mir den Atem raubt. Ich kann nicht anders, als meinen Kopf zu senken und meine Lippen auf ihre zu legen. Sie lässt ihre Hand bis zu meinem besten Stück wandern und beginnt, ihn zu massieren. Ich stöhne in ihren Mund und kann nicht anders, als auch meine Hand auf Wanderschaft gehen zu lassen.

Als ich an meinem Ziel ankomme, teilen meine Finger ihre Schamlippen und streichen die Spalte auf und ab. Ich verharre mit meinem Daumen an ihrer Klitoris, ziehe kleine rhythmische Kreise darum, lasse langsam einen Finger in sie eindringen und schicke anschließend einen Zweiten dazu. Ihre Muskeln ziehen sich aufs Heftigste zusammen und meine Selbstbeherrschung steht kurz vor dem Fall. Am liebsten würde ich sie sofort umdrehen und mit nur einem einzigen Stoß direkt bis ins Tiefste in sie stoßen, sie ausfüllen und nie wieder verlassen. Doch ich halte mich zurück und zwinge mich dazu, es langsam angehen zu lassen.

Wir steigen aus der Dusche, doch das Abtrocknen lassen wir ausfallen und bewegen uns küssend auf das Bett im Schlafzimmer zu. Ich stoße Samira darauf, steige zu ihr und positioniere meine Beine zwischen ihren Schenkeln, sodass ich sie weiter spreize. Ich beuge mich über sie, hauche unzählige Küsse auf ihr Gesicht und wandere Millimeter für Millimeter küssend weiter hinunter. An ihren prallen, geilen Brüsten angekommen, schließen sich meine Lippen um ihre Brustwarze und saugen, lecken und spielen daran.

Mit meiner anderen Hand wandere ich ihren Bauch hinab und verwöhne ihren Venushügel mit leichten, kreisenden Bewegungen. Sie bäumt sich auf und stöhnt, doch ich lasse sie jetzt noch nicht kommen. Ich will, dass sie kommt, wenn mein Schwanz in ihr steckt und sie dehnt.

Irgendwann sinkt meine Beherrschung gegen Null und ich neige mich ihr zu, küsse sie mit all meiner Lust und dringe mit einem Stoß in sie ein. Ihre Muskeln schließen sich enger um meinen Schwanz und ich muss aufpassen, dass ich nicht auf der Stelle komme.

Ich bewege mich langsam vor und zurück und beschleunige mein Tempo, als ich merke, dass Samira nicht mehr lange braucht. Ich stoße immer härter zu, spiele mit ihren Brustwarzen und sie schreit ihre Lust hinaus. Ich pumpe noch ein paar Mal in sie hinein, mein Hoden zieht sich zusammen und schließlich ergieße ich mich in sie.

Langsam lasse ich mich von ihr runter gleiten und lege mich neben sie. Sie in meinen Armen zu wissen, ist das tollste Gefühl seit langem. Ich bin der glücklichste Mann der Welt.

Samira

Wooooow!, ist das Einzige, was mir zu dem geilen Sex gerade einfällt.

Ich lasse mich von Chase in seine Arme ziehen und gemeinsam dösen wir weg.

Als wir Stunden später wiedererwachen und ich auf die Uhr sehe, schrecke ich zusammen. Wir müssen in knapp einer halben Stunde schon bei Chase' Eltern sein.

»Chase? Honey? Steh auf. Wir müssen los und sind noch nicht mal angezogen!«

Er springt ohne ein weiteres Wort aus dem Bett, schlüpft in Sekundenschnelle in seine Klamotten und grinst mich frech an.

»Ich bin fertig, Babe. Nur du nicht.«

Ich brumme vor mich hin, steige aus dem Bett und kleide mich selbst an.

Auf dem Weg ins Untergeschoss verpasst mir Chase einen Schlag auf den Arsch und läuft schnurstracks an mir vorbei, die Haustür hinaus und startet schon den Wagen. Ich nehme gerade auf dem Sitz Platz und schließe die Tür, als Chase schon mit quietschenden Reifen losfährt.

Eine gute halbe Stunde später stehen wir wieder vor dem großen Haus seiner Eltern. Sein Vater erwartet uns schon an der Haustür.

»Guten Abend, Samira. Wie geht es dir heute?«

»Gut, danke, Mr. Cooper. Und Ihnen?«

»Du, Samira, du. Nicht Sie, aber danke, mir geht es gut.«

Mann ist das peinlich, denke ich mir und laufe rot an vor Scham.

Wir folgen James in das Esszimmer, wo uns Chase' Mutter schon entgegengelaufen kommt.

»Chase, Samira. Schön, dass ihr gekommen seid.«

Mrs. Cooper zieht mich in ihre Arme, drückt mich kurz und lässt mich dann stehen. Ich bleibe total verblüfft zurück.

Wir setzen uns an den Esstisch und beginnen mit dem Essen. Plötzlich durchbricht Mrs. Coopers Stimme die Stille.

»Samira. Ich wollte mich bei dir entschuldigen für mein Verhalten an Maggis Geburtstag. Es war absolut inakzeptabel. Ich hoffe, dass du mir verzeihen kannst.«

Ich werfe überrascht einen Blick in die Runde. Letztendlich bleibt mein Blick an Mrs. Cooper hängen.

»Klar, Mrs. Cooper.«

»Nenn mich doch bitte Maria, Kleines.«

»Ähm ... Ja, Maria.«

Wir unterhalten uns nach dem Essen noch eine Weile. Bis Maria schließlich andeutet, etwas verkünden zu wollen.

»Meine Lieben, ich muss euch etwas sagen.«

Eine lange Pause folgt, in der wir sehnsüchtig auf Weiterführung warten. Maria seufzt schließlich und holt tief Luft.

»Samira, Kleines. Ich ... ich weiß, dies ist keine einfache Situation für dich. Dich hat sicher verwirrt, wie ich mich gestern verhalten habe. Aber ... auch für mich ist das hier gerade nicht einfach. Ich hätte niemals gedacht, dieses Thema einmal ansprechen zu müssen, aber als ich gestern sah, wie nah ihr beiden euch schon seid ...« Sie schnieft in ihr Taschentuch und scheint sich kurz sammeln zu müssen. »Ich habe vor vielen Jahren ... meine Tochter zur Adoption freigegeben. Und ich glaube, dass du ... dass du, Samira, diese Tochter bist. Deshalb war ich gestern so, ich ... Ich glaube, du bist meine Tochter.«

Sie senkt scheinbar schwer getroffen den Blick und merkt nicht, dass sich neben ihr ein gewaltiger Sturm an Wut aufbaut.

James und Chase werfen sich einen geradezu blutrünstigen Blick zu.

»Wie kommst du auf den Schwachsinn, Liebling?«

»Nein, das kann nicht sein. Das ist absolut unmöglich. Meine Eltern hätten es mir gesagt. Noch dazu sehe ich aus wie meine Mutter in jungen Jahren«, werfe ich ebenfalls ein. Nein, meine Eltern hätten mich niemals so belogen. *Niemals!*

»Das ist kein Schwachsinn. Ich ... ich bin damals, als Chase gerade ein halbes Jahr alt war, schwanger geworden. James, du warst ständig auf Geschäftsreisen und hast davon nichts mitbekommen. Calvin und Bennet waren ja eh die meiste Zeit bei deinen Eltern. Dich hat es doch nicht mal interessiert, dass ich, wenn du mal da warst, ständig mit dem Kopf über der Toilettenschüssel hing oder dass mein Bauch immer dicker wurde. Als ich es dir sagen wollte, hast du schon gesagt, dass du niemals ein viertes Kind haben möchtest. Also habe ich das kleine Mädchen nach der Geburt zur Adoption freigegeben … ich wollte dich nicht verlieren, James. Bis heute mache ich mir deshalb Vorwürfe, und dich dann vor meiner Tür stehen zu sehen, Samira …«

»Mom, du kannst nicht einfach behaupten, dass Samira deine Tochter ist«, stellt Chase kopfschüttelnd fest. »Du hast doch selbst gehört, was sie gerade gesagt hat. Sie sieht ihrer Mutter zum Verwechseln ähnlich. Also bitte, denk noch mal darüber nach, bevor du solche Vermutungen in den Raum stellst.«

Ich bin so verwirrt von dem ganzen Gespräch, dass ich hier nur noch weg will. Ich stehe auf und renne ohne ein weiteres Wort aus dem Haus.

Verdammt, Chase hat die Autoschlüssel. Egal, dann laufe ich nach Hause. Hoffentlich bekomme ich bis dahin meine Gedanken etwas sortiert.

Ich irre umher. Wie lange, kann ich nicht wirklich einschätzen, aber es müssten bestimmt schon zwei Stunden sein.

So langsam erkenne ich, wo ich bin. In dieser Gegend bin ich aufgewachsen und hatte hier eine tolle Kindheit. Doch was ist das alles nun noch? Eine einzige, große Lüge.

Ich laufe auf mein Elternhaus zu und klopfe, nein hämmere schon fast gegen die Tür. Meine Mutter kommt und sieht sofort, wie aufgewühlt und traurig ich bin. Ich muss sie einfach darauf ansprechen. Obwohl ich weiß, dass es vermutlich nur eine Lüge, oder ein Mittel zum Zweck von Maria ist, muss ich es sicher wissen.

»Schatz, was ist denn los?«

»Mom, ich muss mit dir und Dad reden. Es ist dringend.«

Meine Mom öffnet mir die Tür und ich trete ein. Ich laufe ins Wohnzimmer, wo mein Vater gemütlich und nichts ahnend auf der Couch liegt.

»Samira, was machst du hier? Stress im Paradies?«, neckt mein Vater mich, doch als er meinen Gesichtsausdruck sieht, verschlägt es ihm das Grinsen und er schaut mich ernst an.

»Schieß los, meine Kleine.«

»Ich weiß gar nicht, wo ich anfangen soll. Das ... ist alles so viel für mich!«

Ich schlage die Hände vors Gesicht und fange an zu weinen.

Mein Dad setzt sich neben mich und zieht mich in seine Arme.

»Daddy? Diese Frau erzählt Lügen. Sie versucht echt alles, um mich von Chase fernzuhalten. Was soll ich bloß tun?«

»Shhh ... shhh ... Beruhig dich erst mal. Was für Lügen erzählt wer?« Meine Mom steht neben uns an der Couch und sieht uns verwirrt an.

»Maria, also Chase' Mutter, erzählt, dass ich angeblich ihre Tochter wäre, die sie kurz nach der Geburt zur Adoption freigegeben hat. Das kann doch nicht sein, oder stimmt das doch?«, frage ich, während mir die Tränen weiter wie Sturzbäche von den Wangen laufen.

Meine Mutter fummelt nervös an ihren Händen herum.

»Mom!«, kreische ich.

»Also gut, Samira. Nein, du bist nicht ihre Tochter, ich ... du ... ach was, raus mit der Wahrheit.« Sie nimmt einen tiefen Atemzug.

»Du bist die Tochter von James. Chase' Vater.«

Sie senkt ihren Blick und ich sehe, wie ihr eine Träne hinabläuft.

»Wie kommst du auf den Unsinn, Cathrine?«, fragt mein Vater ungläubig.

»Jim, ich hatte vor siebenundzwanzig Jahren eine Affäre mit James. Du warst immer weg und ich war allein. James war in dieser Zeit viel für mich da und ... so kam eins zum anderen. Ich habe jahrelang gehofft, dass es niemals rauskommen würde. Ich habe den Kontakt zu James abgebrochen, aber ich konnte doch nicht ahnen, dass Samira und Chase sich treffen und sich ineinander verlieben. Ich wollte das alles so einfach nicht. Bitte glaube mir Jim.« Ihre Stimme zittert immer stärker.

»Du hast es nicht gewollt? Du hast ... Ich flipp aus! Du kommst mir erst jetzt mit dem Scheiß?«, schreit mein Vater, steht auf und verlässt wütend das Zimmer.

Ich starre meine Mom fassungslos an, erhebe mich und will ebenfalls gehen, als meine Mutter mich am Arm packt und zurückhält.

»Schatz, ich wollte das so nicht. Es tut mir leid. Du musst mir glauben!«

Doch ich bin so geschockt, dass ich nur noch weg will, nach Hause.

Als ich an meinem Haus ankomme, steht Chase schon vor meiner Tür. Ich falle ihm förmlich in die Arme und kann meinen Tränenfluss nicht mehr unterdrücken. Ich schluchze ohne Ende und hole nur abgehackt Luft. Meine ganze Welt bricht gerade zusammen und ich kann nichts weiter dagegen tun, als hilflos danebenzustehen. Ich kann einfach nicht mehr.

Es tut so sehr weh. Immer wieder frage ich mich, warum meine Mutter mir nie etwas gesagt hat. *Weil sie deinen Vater nicht verlieren wollte!*, lacht mein Gewissen mir dreckig zu und ich weine noch mehr.

Chase öffnet die Tür, trägt mich über die Schwelle zur Couch und lässt mich behutsam darauf gleiten. Meine Gedanken drehen sich wirr im Kreis. So lange, bis sich eine schlimme Erkenntnis in meinem Hirn einnistet.

»Ist alles okay?«, fragt er mit einer gehörigen Portion Sorge in der Stimme.

»Nichts ist gut oder okay. Ich ... ich weiß nicht, was ich davon halten soll. Weißt du, was meine Mom mir gesagt hat? Dass James mein Vater ist. Weißt du, was das bedeutet? Wir dürfen kein Paar sein. Wir dürfen uns nicht lieben, küssen oder Sex haben ... und das alles tut mir so verdammt weh, weil ich endlich den gefunden habe, den ich über alles liebe. Für den ich alles geben würde. Und was ist? Ich verbocke es mir nicht selbst, aber dafür meine Mutter. Das ist alles so verdammt unfair.«

Ich rolle mich zusammen wie ein Fötus und lasse alles raus. Ich schreie meine Wut und Traurigkeit hinaus, in der Hoffnung, dass es besser wird.

Chase streicht mir tröstend über den Rücken.

»Für mich ist das alles auch nicht leicht, Babe. Verdammt, ich liebe dich und dass du hier so kauerst und weinst, ist das Letzte, das ich will.«

Ich sehe ihn an und will gerade etwas erwidern, als es an der Tür klingelt.

Chase steht auf und geht hin, um sie zu öffnen. Als er ins Wohnzimmer zurückkehrt, ist seine Mutter bei ihm

»Was willst du hier, Maria?«, bluffe ich sie an.

»Ich will sehen, wie es dir geht, Samira.«

»Lass mich einfach in Ruhe. Mit deiner Lüge hast du alles kaputt gemacht!« Ich schreie sie an und will, dass sie geht, aber sie bewegt sich nicht.

»Samira, erzähl mir, was passiert ist. Vielleicht kann ich dir helfen«, spricht sie mit ruhiger Stimme.

»Mir kann keiner helfen. Meine Welt bricht zusammen und das nur, weil du nicht sehen konntest, dass dein Sohn glücklich ist«, fahre ich sie an und fange vor lauter Wut an, am ganzen Körper zu zittern.

»Wie kommst du darauf?«, fragt sie leise.

»Wie ich darauf komme? Soll ich es dir erzählen?«

»Ja, das sollst du, meine Liebe.«

Ohne weiter darüber nachzudenken wiederhole ich alles, was meine Mutter mir gerade gestanden hat – und sehe, wie ihre Gesichtszüge von Wort zu Wort mehr entgleisen. Maria starrt mich an, als hätte sie einen Geist gesehen. Doch sie fängt sich schneller, als ich gedacht habe.

»James ist ... was? Dein Vater? Wollt ihr mich verarschen? Ist das jetzt eure Rache?«, schreit sie nun uns an.

Chase und ich sehen uns verwirrt an.

»Also ... ich warte! Ist das euer Ernst?«

»Ja, Maria. Das ist mein Ernst. Meine Mom hat es mir vorhin gebeichtet und mein Vater ist selbst total ausgeflippt.« Während ich sie betrachte, kommen mir so langsam Zweifel an der ganzen Sache. »Vielleicht wäre es sinnvoll, deinen Mann mal dazu zu befragen, anstatt hier nun nur auf mir und meiner Mutter rum zu hacken. Immerhin gehören dazu immer zwei.«

»Das ist eine gute Idee. Na los! Wir fahren zu James und dann wird das geklärt.«

Auf dem Weg dorthin wird Maria immer wütender und flucht vor sich hin. Sie lässt Beschimpfungen über meine Mutter und James fallen und kann kaum noch an sich halten.

An Chase' Elternhaus angekommen, stürmt Maria auch schon hinein. Chase und ich folgen ihr sofort und bekommen mit, wie Maria ein Glas nach James schmeißt.

»Was bist du nur für ein Schwein?«, schreit sie. »Stimmt es? Stimmt es, dass du Samiras Vater bist? Sag schon! Ich will es wissen, und zwar von dir!«

James duckt sich gerade noch unter dem Glas hinweg, hebt abwehrend die Arme und sieht Maria überrumpelt an.

»Ja! Ja, verdammt, ich bin Samiras Vater. Was meinst du wohl, warum du nie Einsicht in unser Konto hattest? Ich habe Catherine seit ihrer Schwangerschaft jeden Monat geholfen, damit sie Samira wohlbehütet und ohne Sorgen aufziehen konnte.« Zögernd tritt er einen Schritt auf Marie zu. »Ich wollte, dass es meiner Tochter genauso gut geht wie meinen Söhnen! Verstehst du das? Ja, es war ein Fehler, mit Catherine eine Affäre zu beginnen, aber ich bereue es nicht. Sie gab mir zu dem Zeitpunkt das, was du vor lauter Depressionen nicht konntest. Selbst um Chase hat sich das Kindermädchen mehr gekümmert als du! Ganz zu schweigen von Calvin und Bennet!«, schnauzt er zurück. Mir fällt die Kinnlade runter.

»Wie konntet ihr nur?«, wendet Chase auf einmal ein und stellt sich mit wutverzerrtem Gesicht zwischen die beiden. »Habt ihr auch nur eine Sekunde mal daran gedacht, wie es uns gehen wird? Dachtet ihr wirklich, wenn ihr den Kontakt zueinander abbrecht, würde sowas wie jetzt niemals passieren? Ihr zofft euch gerade, aber wie es uns dabei geht, interessiert euch nicht. Das, was Samira und ich gerade machen, ist Inzest. Wir lieben uns, haben Sex – und sind Halbgeschwister! Das ist verboten! Ihr … ihr seid für mich gestorben. Ihr seid das Allerletzte. Kümmert euch nun um euren Scheiß, aber lasst mich und Samira damit endlich in Ruhe! Wir können für euren Bockmist am wenigsten etwas.«

»Chase! Nein! Das wollten wir so nicht!«, beteuert James nun.

»Was? Dass wir uns treffen und uns ineinander verlieben? Oder vielleicht, dass ihr euch alle gegenseitig bescheißt? Kommt vielleicht noch etwas, von dem wir noch nichts wissen?«, fährt Chase seine Eltern an.

»Nein, da wird nichts mehr kommen!«, beteuert nun James. Maria steht daneben und sagt keinen Mucks.

»Fahrt zur Hölle!«, ist das Letzte, was Chase sagt, bevor er mich in seine Arme zieht und aus dem Haus führt.

Er bringt mich mit dem Auto seiner Mom nach Hause und bleibt über Nacht bei mir, bis ich mich endgültig beruhigt habe und in einen tiefen Schlaf falle.

Doch dieser lässt mich keine Kraft schöpfen – sondern erschöpft mich nur noch weiter.

Kapitel 10

Chase

Eine Woche ist nun vergangen, seitdem herausgekommen ist, dass Samira meine Halbschwester ist. Ich habe mehrmals versucht, mit ihr zu reden, jedoch hat sie den ersten Tag komplett abgeblockt und ist anschließend wohl verreist.

Den Kontakt zu meinen Eltern habe ich seitdem komplett auf Eis gelegt, denn ich muss selber erstmal etwas klarer im Kopf werden. Das war alles einfach viel zu viel.

Als mein Handy vibriert, gehe ich sofort ran, in der Hoffnung, dass es Samira ist. Doch dann höre ich die Stimme meines Vaters.

»Chase? Kannst du rüberkommen? Ich muss mit dir reden, es ist wichtig.«

Überrascht zögere ich einen Moment. Ich will nicht zu ihm fahren, aber ... wenn er so ernst klingt, hat das einen Grund.

»Klar Dad. Bin gleich da.«

Ich lege auf, streife mir eine Jogginghose über und verlasse mein Reich, um ein paar Meter weiter die Veranda hochzugehen.

Mein Dad erwartet er mich schon an der Tür.

»Was gibt es?«, frage ich, ohne ihn groß zu begrüßen.

»Wir müssen uns über deine Mutter unterhalten. Seit letzter Woche ist sie absolut komisch, das hast du sicher auch schon bemerkt. Sie verheimlicht irgendetwas, ich weiß aber einfach nicht, was es ist. Vielleicht kriegst du ja etwas aus deiner Tante raus? Die hängen ja sonst auch immer und überall zusammen. Würdest du das tun, mein Junge?«

Ich seufze und fahre mir mit der Hand über die Stirn. »Natürlich, Dad. Ich fahre gleich zu Tante Maggie.«

»Danke, Chase. Ich weiß wirklich nicht weiter.«

Ich nicke ihm noch einmal zu, hole den Schlüssel für das Auto aus meiner Wohnung und fahre los.

Tante Maggie öffnet mir sofort die Tür und bittet mich hinein.

Anscheinend ahnt sie etwas, denn sie sagt: »Falls du hier bist, um etwas über deine Mutter herauszufinden, bist du bei mir an der falschen Adresse. Ich werde meine Schwester nicht in die Pfanne hauen.«

»Tante Maggi, bitte! Wir können uns nicht mehr erklären, was mit Mom los ist. Seit dem Vorfall mit Samira ist sie wie ausgewechselt, wir machen uns Sorgen. Was weißt du? Irgendetwas verheimlicht sie uns doch. Bitte, sag etwas!« Ich komme mir komisch dabei vor, sie so anzubetteln, doch es muss sein. Ich sehe ihr deutlich an, wie sie mit sich ringt und alles abwägt.

»Also gut, Chase. Ich gebe dir aber nur einen Tipp, die Lösung musst du schon selbst finden. Such auf eurem Dachboden. Mehr sage ich dazu nicht. Du bist ein cleverer Bursche. Also los, du hast eine Menge Arbeit vor dir! Und verrate deiner Mutter nicht, dass ich dir diesen Tipp gegeben habe, sonst hattest du mal eine Tante«, sagt sie verschwörerisch, dreht sich um und verschwindet.

Ich stürme aus dem Haus, ruf noch ein »Danke, Tante Maggi!«, steige ins Auto und rase zurück. Mein Vater wird begeistert sein.

Bei Dad angekommen, ist von Mom noch nichts zu sehen, also klingle ich, renne an meinem Vater vorbei und direkt ins Obergeschoss. Ich steige die Leiter hinauf auf den Dachboden und fange an, ihn von links nach rechts und von oben nach unten zu durchwühlen.

Als ich schon gut die Hälfte durchhabe und kurz vor dem Aufgeben bin, stoße ich auf einen alten Karton. Ich öffne ihn und finde darin etliche Briefe eines Trenton.

Ich greife mir den ganzen Karton und gehe hinab ins Wohnzimmer, wo mein Vater schon seit Stunden auf mich wartet. Gemeinsam sehen wir uns die Briefe an und lesen sie uns durch.

Nach einer halben Ewigkeit merke ich, wie mein Vater

leicht stockt. Sein Gesicht läuft rot an und er wendet den Blick nicht von dem Brief in seinen Händen ab.

»Dad? Was ist denn los? Zeig mal her.«

Er hält den Brief fest, doch ich schaffe es ihm den Brief zu entnehmen, ohne ihn kaputt zu reißen. In dem Brief steht …

*Liebe Maria,

ich möchte, dass du weißt, dass ich dich immer lieben werde. Du bist alles für mich und ohne dich will ich nicht.

Du bist die Luft, die ich zum Atmen brauche.

Du bist die Nahrung, die mich am Leben erhält.

Ich wünsche mir so sehr, dass der Kleine von mir ist. Bitte lasse einen Test machen. Es wäre allein James gegenüber schon fair, ihn wissen zu lassen, dass auch ich, mehr als er, in Frage komme, Chase' Vater zu sein. Immerhin habt ihr euch in der Zeit so gut wie nie gesehen. Da liegt es doch sehr nahe, dass nur ich in Frage komme.

Deshalb bitte, oh bitte, mache diesen Test, damit wir, vielmehr ich, Gewissheit haben.

Und wer weiß, vielleicht können wir dann
eine glückliche kleine Familie werden.

Bitte melde dich, mein Täubchen.
Ich liebe dich.
Dein Trenton*

Ich habe den Brief gerade aus der Hand gelegt, als meine Mom zur Tür hineinspaziert.

»Oh, hallo Chase. Was machst du denn hier? Was ist mit deinem Vater los? Er sieht mich ja nicht mal an«, säuselt sie.

»Maria, setz dich. Wir müssen reden.«

Meine Mutter sieht meinen Vater erschrocken an und lässt sich in den Sessel direkt hinter ihr fallen. Ihre Augen wandern zwischen uns hin und her und bleiben letztendlich an dem Karton hängen. Sie schlägt die Hände vors Gesicht und fängt augenblicklich an zu weinen, doch die Masche zieht bei meinem Dad und mir im Moment überhaupt nicht. Viel zu tief sitzt der Schock über das dunkle Geheimnis meiner Mutter, als dass wir ihr das nun abkaufen könnten.

»Maria, bin ich Chase' Vater? Ja oder nein?«, fragt mein Dad mit zorniger, aber dennoch ruhiger Stimme. Sie reagiert jedoch nicht.

»Maria!« Dad wird immer lauter.

»Ich weiß es nicht, James«, schluchzt meine Mutter.

»Ich habe mich nie getraut, einen Vaterschaftstest zu machen. Ich hatte Angst, euch beide zu verlieren.«

Sie schaut zu uns und fügt hinzu: »Aber wenn ihr Gewissheit haben wollt, dann fahre ich jetzt los zur Apotheke und hole so einen Test, damit wir ihn sofort machen können.«

Wir nicken und meine Mom hetzt aus dem Haus.

Wir hören, wie eine Autotür zuknallt und ein Auto mit quietschenden Reifen vom Hof fährt. Mein Dad und ich sitzen absolut verwirrt und fassungslos im Wohnzimmer und warten schweigend auf die Rückkehr meiner Mom.

Warum zum Teufel hat sie uns das angetan? Ich fasse es nicht. Wenn man jetzt mein Aussehen mit dem meiner Brüder vergleicht, könnte man ja sofort meinen, dass ich nicht der Sohn meines Vaters bin. Aber das so einfach denken geht ja auch nicht, immerhin weiß ich nicht mal, wie dieser Trenton aussieht.

Eine knappe Dreiviertelstunde später steht meine Mom mit einem weißen Karton im Türrahmen. Sie öffnet ihn und holt drei Behälter hinaus. In jedem von ihnen ist ein Wattestäbchen am Verschluss befestigt. Wir streichen jeder mit dem Stab durch unseren Mund, um möglichst viel Speichel damit aufzufangen, verschrauben die Behälter wieder, beschriften sie mit unseren Namen und legen sie zurück in den Karton.

Alles läuft im absoluten Schweigen ab, denn jeder hängt seinen eigenen Sorgen und Gedanken nach.

Anschließend bringe ich das Paket zur Apotheke, damit wir so schnell wie möglich das Ergebnis zurückkriegen. Das kann jedoch mindestens drei Wochen, wenn nicht sogar noch viel länger dauern. Also heißt es warten, warten und wieder warten.

Samira

Zwei Wochen sind seit meiner überstürzten Flucht vergangen. Ich habe mich bemüht, nur ab und an auf mein Handy zu schauen und mich vor der Vielzahl von Anrufen und SMS von Chase erschrocken. Nur zu gern würde ich ihn anrufen oder ihm schreiben, dass es mir gut geht, dass er mir fehlt und ich ihn bei mir haben will, aber so einfach ist das nicht.

Selbst die letzten SMS, in denen er mir schreibt, dass er ganz dringend mit mir reden muss, habe ich einfach ignoriert und das Handy wieder auf stumm gestellt. Ich kann es einfach nicht. Der Schmerz und der Verlust sitzen so tief, dass ich selbst hier in Blimvand sitze, mir, anstatt das Meer anzuschauen, die Decke über den Kopf ziehe und stumme Tränen weine.

Wie soll es denn jetzt weitergehen? Chase und ich dürfen kein Paar sein, egal was unsere Herzen sagen oder sogar schreien. Jim, mein heißgeliebter Vater, ist gar nicht mein Vater. Obwohl, wenn man es genau nimmt, ist er es doch und wird es immer bleiben, aber dennoch ist er nicht mein Erzeuger. Und das tut mir in der Seele weh.

Und meine Mutter? Auf die bin ich noch immer stocksauer, dass sie nie die Wahrheit gesagt hat. Wie konnte sie mir sowas nur verschweigen? Mit meinen sechsundzwanzig Jahren bin ich so ziemlich am Arsch und darf nun mein Leben komplett neu aufbauen.

An Schlaf ist erst recht nicht zu denken, essen sowieso nicht. Nur trinken tue ich genug. Immerhin knapp drei Liter am Tag. Doch ich merke, wie ich von Tag zu Tag abnehme, wie es mir immer schlechter geht und ich mir immer öfter die Seele aus dem Leib kotze.

Jetzt zurückgehen? Never! Nur um zu sehen, wie Chase sich eventuell schon mit einer anderen vergnügt? Nein! Das könnte und würde ich nicht ertragen.

Völlig in Gedanken versunken schalte ich mein Smartphone wieder ein und schon fängt das blöde Teil an wie wild zu vibrieren.

Vierundzwanzig verpasste Anrufe von Chase. Fünfzehn von meiner Mom und zwölf von meinem Dad. Ich gehe in den Nachrichteneingang und lese mir einige Nachrichten durch.

Mom: *Wo bist du, Liebes? Ich mache mir Sorgen.*

Dad: *Kleines, komm zurück. Wir stehen das doch zusammen durch.*

Chase: *Babe, bitte komm zurück. Ich muss ganz dringend mit dir reden.*

Chase: *Samira, Honey, bitte melde dich doch.*

Mom: *Sami mein Kind, ich hab dich lieb, für immer. Du bist doch mein kleines Mädchen. Komm bitte heim.*

Chase: *Ich liebe dich, meine Schöne. Egal was passiert oder ob wir es dürfen. Es wird niemals etwas an meinen Gefühlen zu dir ändern. Komm zurück oder melde dich zumindest.*

Jede einzelne Nachricht treibt mir die Tränen in die Augen. Jede einzelne von ihnen treibt mich immer weiter in die Verzweiflung und macht mich weiter fertig. Wann wird das alles ein Ende haben? Und vor allem, wird es überhaupt ein Ende für diese Katastrophe geben? Oder werde ich nun mein ganzes Leben lang so leiden müssen?

Darf ich nicht einmal glücklich sein? Mein Leben so

leben, wie ich es mir vorstelle und wünsche? Ist das wirklich zu viel verlangt?

Kapitel 11

Chase

Drei Wochen ist es nun her, dass ich von Samira etwas gehört habe. Selbst bei ihren Eltern meldet sie sich nicht. Sie reagiert auf keine Nachricht und lässt uns nicht mal ein klitzekleines Lebenszeichen zukommen. So langsam werde ich verrückt. Nicht nur, weil das Testergebnis noch immer auf sich warten lässt, sondern auch wegen Samira.

Mein Herz und meine Gedanken quellen fast über vor Sorge um mein Mädchen. Sie ist die Einzige, die etwas an diesem Zustand ändern könnte, aber nicht ändern will.

Klar brauch sie nun erstmal Zeit, um all das zu verarbeiten, aber ich muss doch noch über so vieles mit ihr reden. Die Ereignisse mit meiner Mom zum Beispiel. Aber das kann ich ihr schlecht in einer SMS schicken so nach dem Motto: »Ach Baby, übrigens. Meine Mom ist selbst fremdgegangen und es kann sein, dass wir doch keine Halbgeschwister sind.« Das wäre einfach viel zu krass. Wer weiß, wie es ihr dann in dem Moment geht?

Verlieren will ich sie nicht. Und erst recht nicht durch so eine Dummheit. Wenn ich ihr das so schreiben würde, würde es ihr den Boden unter den Füßen wegreißen und ich mag mir gar nicht vorstellen was dann passieren würde.

Mit ungepflegtem Bart, dicken Augenringen und stinkend öffne ich die Tür, an der es gerade geklingelt hat. Vollkommen überrascht starre ich Bennet an. Ihm und mir fällt die Kinnlade gleichermaßen auf den Boden.

»Was ... Was machst du denn hier?«, frage ich ihn, sichtlich verblüfft.

»Du bist die letzte Zeit nicht ans Handy gegangen. Da dachte ich mir, dass ich dich einfach mal besuchen komme.«

»Oh ... Trotz der Sache mit Mom ...«, doch weiter komme ich gar nicht.

»Ja, obwohl Mom und Dad nebenan wohnen. Mann, siehst du scheußlich aus. Was ist denn los mit dir?«

Ich lasse ihn rein. Gemeinsam begeben wir uns ins Wohnzimmer, oder eher gesagt auf die Müllkippe, denn die Wohnung hat seit Wochen schon keine Putzfrau mehr gesehen.

Während ich die Couch, den Sessel und den Tisch freiräume, erzähle ich Bennet von den Vorkommnissen in den letzten Wochen. Angefangen mit Maggis Geburtstag, der anschließenden Bombe beim Versöhnungsessen, des Geheimnisses von Samiras Mutter bis zum Geheimnis unserer Mutter. Als ich geendet habe, starrt Bennet mich mit fassungslosem, aber dennoch wütendem Blick an.

»Sag, dass das nicht dein Ernst ist!« Seine Stimme hat einen bedrohlichen Unterton, doch ich weiß genau, dass sie nicht meinetwegen so klingt.

»Doch, leider ja.«

»Und deine Herzdame? Die ist einfach abgehauen?«

»Ja. Sie reagiert nicht und ihr Handy ist überwiegend aus. Wenn ich es dann mal auf einem Freizeichen erwische, werde ich weggedrückt.«

»Das darf doch wohl nicht wahr sein! Und ich wundere mich, warum von ihr nichts kommt und du auch nicht reagierst. Wo ist Mom? Die will ich zur Rede stellen!«

»Nein, lass das. Mom hat von Dad und mir schon genug zu hören bekommen. Ihr tut es auch ... leid.«

»Ihr tut es leid? Das fällt ihr aber früh ein! Blödes, egoistisches Miststück! Hauptsache nicht ihren Luxus verlieren! Mehr ist das doch gar nicht.«

»Fahr mal wieder runter. Ich finde es ja schön, dass du dich um mich sorgst, aber so langsam möchte ich all das nur noch abhaken. Meine Nerven machen das nicht mehr mit.«

»Und wie geht es Dad mit der ganzen Scheiße?«

»Geh hin und frag ihn. Mom ist heute und morgen bei Tante Maggi, weil Dad sie momentan nicht sehen will und ertragen kann.«

»Ist das wirklich okay, wenn ich rübergehe?«

Schnell nicke ich ihm zu.

»Ja, mach ruhig. In der Zeit kann ich duschen und aufräumen. Ich komme dann zu euch nach. Ist das okay?«

»Klar, Brüderchen. Bis gleich dann.«

»Bis gleich.«

»Die Dusche hast du übrigens bitter nötig. Du stinkst wie ein Schwein. Und das ist noch nett ausgedrückt.« Lachend verkrümelt er sich und lässt mich allein.

Unter der Dusche lasse ich meinen Gedanken wieder freien Lauf. Ich bete zu Gott, dass er mir Samira nicht genommen hat und ich sie heile wiederkriege.

Kapitel 12

Samira

Sechs Wochen sind nun vergangen, in denen ich vor Chase geflüchtet bin. Zu groß ist der Schmerz über den Verlust. Wir dürfen kein Paar sein, also wozu sollte ich mich dann noch weiter quälen? Mir geht es ohnehin schon nicht gut, mir ist ständig übel und mein Kreislauf sackt immer wieder ab. *Vielleicht bist du schwanger, du doofe Kuh!*, schnauzt mich mein Gewissen an.

Seit einer Woche bin ich nun aus Blimvand zurück und habe zumindest schon mit Mom und Dad gesprochen, aber zu einem Gespräch mit Chase konnte ich mich nicht durchringen.

Schnell suche ich die Nummer meiner Frauenärztin raus, rufe an und kriege für heute kurzfristig noch einen Termin. Dann wähle ich die Nummer meiner Mom. Es tutet zwei Mal und schon ist sie dran.

»Mom, kannst du mit mir zum Arzt fahren? Mir geht es nicht gut. Ich habe in einer Stunde einen Termin, traue mich aber nicht, allein mit dem Auto zu fahren.«

»Klar, Kleines. Ich bin in fünfzehn Minuten bei dir.«

Kurz darauf steige ich zu ihr ins Auto und wir fahren schweigend zur Ärztin. Dort angekommen wollen sie direkt eine Urin- und eine Blutprobe von mir.

Als ich ins Untersuchungszimmer gerufen werde, bittet die Ärztin Mrs. Todds mich, mich unten herum frei zu machen, damit sie mich untersuchen kann. Zuerst tastet sie meinen Bauch ab und murmelt hier und da etwas Unverständliches. Sie nimmt einen Ultraschallstab zur Hand, der aussieht wie ein Vibrator, gibt ein durchsichtiges Gel darauf, stülpt ein Kondom über und schiebt es mir zwischen meine Schamlippen, tief in mich hinein. Auf dem Monitor sehe ich außer Schwarz und Weiß nichts. Die Ärztin bewegt den Stab etwas hin und her, misst etwas aus, stoppt das Bild und sagt dann:

»Herzlichen Glückwunsch, Mrs. Haddox. Sie sind in der achten Woche schwanger und erwarten Zwillinge. Bis jetzt ist alles super und beide Herzchen schlagen regelmäßig. Ich schlage vor, dass wir einen Termin in vier Wochen ausmachen, damit wir weiterhin sicherstellen können, dass ihnen und den Babys nichts fehlt. Bis dahin gebe ich ihnen einige Broschüren mit, in denen alles Wichtige drinsteht. Sollten dennoch Fragen auftreten, rufen sie einfach in der Praxis an und lassen sich verbinden. Ich stehe ihnen gern zur Seite.«

Ich kann es kaum glauben. Die Ärztin erzählt weiter, doch das meiste nehme ich kaum noch wahr. Schnell ziehe ich mich wieder an, werde ins Labor geführt und dort wird mir nochmals Blut abgenommen. An der Rezeption mache ich einen neuen Termin aus und stürme aus der Praxis. Meine Mom hat sichtliche Mühe, mit mir mitzuhalten.

»Samira, warte. Ich will nicht, dass dir etwas passiert, bleib stehen!«

Ich halte so schnell und ruckartig, dass meine Mom in mich hineinrennt.

»Bringst du mich bitte nach Hause?«, frage ich sie etwas außer Atem.

»Klar, Mäuschen.«

Wir steigen ins Auto und fahren schweigend los. Meine Gedanken kreisen permanent um die Schwangerschaft und meine Zukunft. Wie soll das alles bloß weitergehen?

Meine Mom hält vor meinem Haus.

»Soll ich nicht doch noch mit reinkommen? Ich würde dich jetzt nur ungern alleine lassen.« In ihrer Stimme schwingt Sorge mit, doch die brauch sie sich nicht zu machen.

»Nein, Mom. Alles okay. Ich rufe jetzt gleich eh Chase an. Fahr nach Hause und wenn was ist rufe ich dich an. Okay?«

Meine Mom nickt und drückt mir einen Kuss auf die Wange. Ich steige aus und sie fährt los.

Im Haus angekommen lasse ich mich gegen die Tür

sinken. Ich habe Angst, dass meine Babys behindert werden, denn immerhin ist das mit Chase und mir Inzest. Ich muss mit ihm reden. Aber wie soll ich das anstellen? Sechs Wochen habe ich mich nicht gemeldet und bin ihm förmlich aus dem Weg gegangen. Kann ich ihn dann jetzt einfach anrufen? Würde er sofort herkommen?

Bevor ich es mir anders überlegen kann, schnappe ich mir mein Handy und wähle seine Nummer. Er geht sofort ran.

»Samira! Um Gottes willen, ist alles gut bei dir? Warum hast du dich in den letzten Wochen nicht gemeldet? Ich habe mir Sorgen gemacht und ...«

»Chase, kommst du bitte her? Wir müssen ganz dringend reden.«

Er scheint kurz überrascht, dass ich ihn unterbreche.

»Klar, natürlich. Ich bin gleich da.«

Er legt auf und lässt mich mit meiner Angst und Traurigkeit wieder allein.

Gute zwanzig Minuten später steht Chase vor der Tür. Ich mache ihm auf und falle ihm direkt in die Arme.

»Samira. Gott, bin ich froh, dich zu sehen. Was ist denn los?«

»Erzähle ... ich ... dir ... gleich ... muss ... erst ... beruhigen ...«, schluchze ich.

»Dann lass mich anfangen. Beruhige dich erstmal«, sagt er und sein ruhiger Ton löst einen festen Knoten in meinem Inneren.

Er erzählt mir von den Geschehnissen bei seinen Eltern, dass seine Mom damals ebenfalls ein Verhältnis hatte und dass sie sich nicht sicher ist, wer sein Vater ist.

»Ihr habt einen Vaterschaftstest machen lassen?«, frage ich erstaunt.

»Klar, immerhin will ich ja auch wissen, wer mein leiblicher Vater ist. Vielleicht besteht ja die Hoffnung, dass wir doch zusammenbleiben können.«

Ich schaue zu Boden und ertrage es nicht länger. Er muss es erfahren.

»Chase, du wirst Vater«, flüstere ich ihm bedrückt zu.

Er erstarrt und ich fühle mich noch miserabler als vorher. Ich will mich abwenden, doch er hält mich fest und hebt mit seiner Hand mein Kinn an. Er sieht mir tief in die Augen und ich merke, wie mir warm ums Herz wird.

»Aber Samira, das ist doch etwas Schönes. Warum bist du so traurig?«, fragt er mit einer sorgenvollen Stimme.

»Es ... es ist doch Inzest. Vielleicht werden die beiden Babys behindert zur Welt kommen. Ich habe Angst, Chase!«

Ihm fällt die Kinnlade herunter.

»Die beiden?«, bringt er nur hervor.

»Ja, Chase. Wir kriegen Zwillinge. Ich bin momentan in der achten Woche und habe in vier Wochen den nächsten Termin.«

Er strahlt übers ganze Gesicht, steht auf, zieht mich

mit und tanzt vor Freude durch mein Haus. Ich sehe ihm nach und fange aufs Herzlichste zu lachen an, doch dann kommen die Sorgen wieder und treffen mich wie ein Schlag ins Gesicht.

Als er mich so sieht kommt er gleich wieder auf mich zu und zieht mich in seine Arme.

»Hey Babe, nicht traurig sein. Es wird den beiden gut gehen. Was hältst du davon, wenn wir zu meinen Eltern fahren und es ihnen erzählen? Zwillinge kommen doch nicht in allen Familien vor. Vielleicht können sie uns sagen, ob es in unserer Familie schon Zwillinge gab.«

»Können wir machen. Bei uns gab es jedenfalls keine Zwillinge, weder mütterlicher- noch väterlicherseits. Und die Ärztin hat gesagt, dass es in einem Teil der Familie durchkommen müsste und gerne auch mal Generationen überspringt.«

Chase und ich schöpfen neue Hoffnung, steigen in sein Auto und fahren zu seinen Eltern.

Bei ihnen angekommen lässt Chase auch sofort die Bombe platzen.

»Mom, Dad? Ihr werdet Großeltern. Samira ist schwanger und bekommt Zwillinge!«

James schaut uns kurz schockiert an, kommt dann strahlend auf uns zu und nimmt uns beide in die Arme.

»Das ist ja unglaublich! Ich freu mich so für euch. Erst kommt meine Tochter wieder zu mir und dann werde ich auch noch Großvater – das gibt es doch nicht!«

Sein Strahlen lässt mein Herz höher schlagen und drängt die Sorgen immer weiter in den Hintergrund. Maria bleibt ruhig. Keine Freude, nichts.

»Was ist mit dir, Maria? Freust du dich denn gar nicht für uns? Immerhin wirst du Großmutter«, murmele ich.

»Doch, doch, Liebes! Es ist nur … dann kann James nicht Chase' Vater sein. Es gibt weder in meiner, noch in seiner Familie Zwillinge … aber in Trentons Familie. Trenton ist selbst ein Zwilling. Ihr betreibt also keinen Inzest … aber dennoch sollten wir das Ergebnis abwarten, damit es zu hundert Prozent sicher ist.«

Chase, James und ich schauen uns gegenseitig an. Unserer momentanen Freude kann dies nichts anhaben.

Kapitel 13

Chase

Zwei Tage sind nun vergangen seitdem ich weiß, dass ich Vater werde. Ich kann es noch immer kaum glauben, aber ich freue mich schon sehr auf die Herausforderung. Nun heißt es erst mal abwarten und sehen, wie das Testergebnis ausfällt. Wenn man meiner Mutter Glauben schenkt, dann ist dieser Trenton wirklich mein Vater. Ich hoffe es so sehr, denn dann werde ich Samira auf jeden Fall einen Antrag machen. Sie ist einfach perfekt für mich, erst recht nach den ganzen Tiefs, die wir schon durchgemacht haben. Mein Handy zeigt mir eine Nachricht von Samira an.

> *Ich möchte zu meinen Eltern fahren. Kommst du mit?*
>
> *Klar, Babe, bin gleich da.*

Ich laufe aus dem Haus und mache mich auf den Weg

zu ihr. Sie wartet zum Glück schon vor dem Haus auf mich, geht lässig auf mein Auto zu und steigt ein.

Erst kurz bevor wir da sind bricht sie das Schweigen.

»Ich werde meinem Vater gleich von der Schwangerschaft erzählen.«

»Ist gut, Babe. Er wird dir schon nicht den Kopf abreißen.«

Wir kommen an, steigen aus und gehen gemeinsam auf das Haus zu. Samira klingelt und Catherine öffnet uns die Tür.

»Hallo, ihr zwei. Alles gut bei euch?«, fragt sie und bedeutet uns, ihr ins Haus zu folgen. Samira läuft direkt durch ins Wohnzimmer. Ihr Vater sitzt auf der Couch und schaut gemütlich eine Sendung im Fernsehen.

»Daddy? Ich muss mit dir reden. Hast du einen Moment für uns?«

Ihr Vater sieht zu uns und nickt.

»Hallo, ich bin Chase«, sage ich und halte ihm die Hand hin, die er direkt ergreift.

»Angenehm. Ich bin Jim.«

Ich nicke und überlasse von nun an Samira das Reden.

»Daddy, ich … ich bin schwanger.«

Jim fällt die Kinnlade runter, doch man sieht, dass er sich freut. Er steht auf, kommt auf uns zu und nimmt uns beide in die Arme.

»Herzlichen Glückwunsch! Ich freu mich total für euch.«

Vor Rührung stehen uns allen die Tränen in den Augen. Ich blinzle, damit sie mir nicht die Wange hinablaufen.

»Samira ... auch wenn ich nicht dein leiblicher Vater bin, du wirst immer meine Tochter sein. Immerhin habe ich dich großgezogen. Ich liebe dich und dein Baby auch, bitte vergiss das nicht.«

»Ich erwarte Zwillinge, Daddy – also liebst du uns drei«, berichtigt Samira grinsend.

Catherine und ich fangen an zu lachen über den doofen Gesichtsausdruck von Jim. Doch lange hält dieser Moment nicht an, denn mein Handy klingelt. Ich sehe aufs Display und erkenne die Nummer meiner Mutter.

»Was gibt's, Mom?«

»Das Testergebnis ist da. Ich dachte, dass es dich interessiert und du es sofort erfahren willst.«

»Klar, wir machen uns sofort auf den Weg. Bis gleich.«

Ich lege auf und sehe Samira an.

»Das Ergebnis ist da. Sollen wir sofort los?«, frage ich sie.

»Wir kommen mit!«, antworten Jim und Catherine direkt. Ich sehe sie erstaunt an und Samira grinst nur. Wir begeben uns gemeinsam zum Auto und fahren zu meinen Eltern. Okay, fahren ist untertrieben, wir rasen eher, denn ich halte es kaum aus. Dieses Ergebnis verändert alles, egal ob positiv oder negativ.

Ich bin total nervös und habe ehrlich gesagt richtig Angst davor. Samira legt ihre Hand auf meinen Oberschenkel und ich merke, wie mich diese Geste entspannt. Ich gehe vom Gas, denn ich will ja nicht unser aller Leben gefährden.

Als wir bei meinen Eltern ankommen, steht meine Mom schon in der Haustür. Ich stürme förmlich aus dem Wagen und renne auf sie zu, dicht gefolgt von Samira, Jim und Catherine. Wir folgen meiner Mutter ins Wohnzimmer, wo mein Dad schon mit dem Briefumschlag und des darin enthaltenen Ergebnisses in seinem Sessel sitzt.

»Hi Dad«, sage ich und versuche, es möglichst cool klingen zu lassen. Mein Vater erwidert nichts, denn er sieht Catherine und Jim. Nur zu gern würde ich jetzt wissen, was in seinem Kopf vorgeht. Es ist total untypisch für ihn, nicht zu reagieren.

Die Luft im Raum ist absolut angespannt und so dick, dass man sie schneiden könnte. Doch dann geht Catherine auf meinen Dad zu.

»Hallo, James. Lange nicht mehr gesehen. Du siehst gut aus«, sagt sie zu ihm.

»Danke, das kann ich nur zurückgeben.«

Meine Mom räuspert sich, denn ihr passt die ganze Situation wohl gar nicht.

»James, nun lass uns alle nicht in der Luft rumhängen. Wir wollen endlich wissen, wer Chase' Vater ist.«

»Ist ja schon gut. Hier Chase, mach du ihn auf. Immerhin verändert dieses Ergebnis dein Leben erheblich.«

Er reicht mir den Umschlag. Meine Hände zittern und

mir rinnt der Schweiß von der Stirn. Ich öffne ihn ganz langsam, doch als ich die Spannung selbst nicht mehr aushalte, reiße ich den letzten Rest auf und zerre den Brief heraus. Ich lese ihn mir durch und mir gefriert das Blut in den Adern.

Samira hebt mein Kinn an, sieht mir in die Augen und sagt etwas, doch ich verstehe sie nicht. Ich höre nur ein Rauschen in meinen Ohren. Sie nimmt mir den Brief ab, liest ihn selbst durch und schreit auf, von mir kommt weiterhin keine Reaktion. Ich habe gedacht, dass ich mich freuen würde, doch so ist es nicht.

Es tut weh. Ich weiß einfach nicht, was ich sagen, denken oder tun soll.

Samira

Ich sehe Chase an, dass ihn das Ergebnis total mitnimmt. Aber dennoch freue ich mich, denn nun haben wir es schriftlich, dass es kein Inzest ist und wir eine Beziehung führen dürfen. Trenton ist Chase' Vater. Nicht James.

Der Brief geht rum und allen ist anzusehen, wie sehr sie sich freuen. Außer Chase und James. Für die beiden fällt gerade eine Welt zusammen, was ich durchaus verstehen kann. Mir ging es vor fünf Wochen nicht anders.

Wie meine Granny schon immer sagte: »Die Hoffnung, mein Kind, stirbt immer zuletzt!«

Das kann ich nur bestätigen. Mir fallen riesige Steine und jede Menge Sorgen vom Herzen. Ich hebe Chase' Kinn an, sehe ihm in die Augen und gebe ihm einen leidenschaftlichen Kuss.

So lange habe ich mich danach gesehnt und nun darf ich ihn endlich wieder spüren. Seine Lippen sind immer noch genau so weich wie vorher und schmecken leicht salzig durch die Tränen, die ihm gerade die Wangen hinablaufen. Mich stört das überhaupt nicht, denn ich habe ihn endlich wieder und werde ihn nicht mehr gehen lassen.

Meine Mom kommt auf mich zu, zieht mich hoch und umarmt mich. Mein Dad kommt ebenfalls dazu. Maria laufen die Tränen wie Sturzbäche hinab. Und James? Der sitzt wie ein Häufchen Elend im Sessel und starrt stumm vor sich hin.

Ich entziehe mich der Umarmung meiner Eltern und gehe zu James hin. Vorsichtig setze ich mich auf die Lehne, nehme ihn in den Arm und streichle tröstend über seinen Rücken. Er sieht auf, doch er sagt nichts.

Chase erwacht aus seiner Schockstarre und kommt auf uns zu. Ich erhebe mich und gehe zurück zur Couch, lasse den beiden erst mal ihre Zeit.

Kapitel 14

Chase

Betrübt gehe ich auf meinen Dad zu, ziehe ihn zu mir hoch und nehme ihn in den Arm.

»Du wirst immer mein Dad bleiben«, flüstere ich ihm ins Ohr. »Egal ob leiblich oder nicht. Du bist der, zu dem ich all die Jahre aufgesehen habe.«

Uns laufen die Tränen hinab und mein Vater drückt mich an sich. Ich genieße diese Umarmung, denn das letzte Mal hat er mich so in den Arm genommen, als ich gerade mal acht Jahre alt war. Immerhin ist das zwanzig Jahre her.

Erst jetzt realisiere ich so langsam, was das alles bedeutet. Ich löse mich von ihm und drehe mich um.

Dann schaue ich Samira direkt in ihre Augen, gehe auf sie zu und ziehe sie in meine Arme. Ich küsse sie, als gäbe es kein Morgen mehr. Sie hat mir so wahnsinnig gefehlt.

Jetzt oder nie!, ruft eine gar nicht so leise Stimme in meinem Inneren.

Ich lasse mich vor ihr auf die Knie fallen und stütze mich mit einem Arm auf den Beinen ab. Ich sehe ihr ihre Verwirrung an, doch ich mache nun das, was ich die ganze Zeit schon geplant hatte.

»Samira, Babe.« Ich greife nach ihrer Hand, muss mich irgendwo festhalten. »Wir haben in der letzten Zeit so viel durchgestanden und stehen dennoch gemeinsam hier. Und jetzt sind wir auch noch schwanger ... ich könnte nicht glücklicher sein. Du bist meine Seelenverwandte, mein Fels in der Brandung. Ich will, dass das jeder weiß und dass es für immer so bleibt. Deswegen möchte ich dich fragen – Willst du meine Frau werden?«

Sie steht da und starrt mich einfach nur mit vom vielen Weinen geröteten Augen an.

»J... ja ... ja, ich will.«

Mehr kriegt sie nicht heraus, denn ich packe sie um die Taille und wirble uns im Kreis.

Ich bin der glücklichste Mann der Welt.

Wir bleiben stehen und nebenbei bemerken wir, dass uns unsere Eltern mit glänzenden Augen ansehen. Catherine und meine Mom schnäuzen in ihre Taschentücher und können nicht mehr an sich halten. Jim kommt als Erstes auf uns zu und beglückwünscht erst uns, dann mein Dad.

»Alles Gute, Kinder. Ich wünsche euch ... wirklich alles Gute. Ich liebe euch.«

Dann kommen unsere Mütter auf uns zu und ziehen uns in eine Umarmung. Der Raum ist gefüllt mit Liebe und Glückwünschen, doch ich will nur noch meine Zukünftige an die Hand nehmen und laufen. Gemeinsam, bis ans Ende der Welt.

Kapitel 15

Samira

Zwei Wochen sind seit dem Testergebnis vergangen. Diese haben Chase und ich bisher mehr zu Hause im Bett lümmelnd genossen oder bei meinen, beziehungsweise seinen Eltern. Immerhin habe ich viel Zeit mit meinem Vater nachzuholen. Jim wird immer mein Dad bleiben, aber James wird genauso mein Vater sein. Ich werde da keine Unterschiede machen. Das wäre einfach unfair. Jim hat mich mein Leben lang aufgezogen und James? Na ja, der Wille zählt ja und dass er Mom das Geld überwiesen hat, finde ich gut von ihm. So mussten Mom und Dad nie groß nachrechnen, ob ich zum Beispiel ein neues Fahrrad oder einen neuen Computer haben konnte.

Chase hat die letzten Tage damit verbracht, nach seinem Vater zu suchen. Maria hat ihm den Namen genannt, doch bisher hat die Suche leider noch nichts ergeben. Momentan hoffen wir auf die Behörden. Vielleicht können die uns weiterhelfen.

Aber wer kennt es nicht? Diese Beamten spielen immerhin Beamtenmikado. Wer sich zuerst bewegt, hat verloren, also heißt es warten oder selbst weitersuchen. Und so wie ich Chase kenne, wird er einen Teufel tun und auf eine Antwort der Behörden warten.

Zumindest hat er schon die Namen seiner eventuellen Geschwister rausgesucht. Sämtliche Nummern hat er sich im Telefonbuch angekreuzt, um sie nach und nach abzutelefonieren, doch bis jetzt war noch kein Treffer dabei.

Mir tut es in der Seele weh, ihn jeden Tag dabei zu beobachten, wie er einen Rückschlag nach dem anderen erleidet, doch abnehmen kann ich es ihm leider nicht. So sehr ich es auch wollte.

Als es an der Tür klingelt öffne ich und begrüße Maria und James. Ich sehe ihnen kurz überrascht entgegen, versuche dann jedoch, eine unbesorgte Miene auszusetzen. Ich habe nicht mit ihnen gerechnet, bisher haben sie uns noch nie hier besucht.

Wir gehen ins Wohnzimmer und ich bin froh, dass ich vorher schon Kaffee aufgesetzt habe. Fehlt nur Kuchen.

Schnell gehe ich zum Sideboard, schnappe mir mein Handy und schicke meiner Mom eine SMS.

Mom, kannst du mit Kuchen vorbeikommen? Notfall!

Klar, Süße. Bis gleich!

Mit einem zufriedenen Lächeln gehe ich wieder zurück und setze mich in meinen Sessel.

Maria und James schauen sich gespannt um. Das mag wohl daran liegen, dass Chase nun bei mir eingezogen ist, weil er auf die ständige Fahrerei keine Lust hatte. Mein Vorteil: Ich habe ihn nun endlich bei mir und muss ihn nicht mehr gehen lassen. Noch ein Vorteil: Er kann von zu Hause aus arbeiten und ich? Ich darf nicht, weil die Schwangerschaft mit Zwillingen als Risikoschwangerschaft gilt. Somit habe ich ein Beschäftigungsverbot bekommen.

Kurze Zeit später klingelt es erneut. Gemächlich gehe ich zur Tür und lasse meine Eltern herein. Mit einem zwinkernden Auge reicht meine Mom mir den Kuchen und ich verschwinde sofort in der Küche.

Der Kuchen ist schnell hergerichtet, der Kaffee rasch in die Kaffeekanne umgefüllt und schon balanciere ich das Tablett ins Wohnzimmer. Chase, der gerade zur Terrassentür hereinkommt, schaut mich wütend an, stapft auf mich zu und reißt mir schon fast das Tablett aus den Armen.

»Du sollst doch nicht so schwer heben!«, tadelt er mich.

Beleidigt schaue ich zu Boden.

»Aber so schwer ist es doch gar nicht.«

»Schwer ist ein dehnbarer Begriff, genauso wie eng. Sag das nächste Mal einfach was, damit man dir hilft. Ich möchte doch nur nicht, dass dir oder den Babys etwas passiert.«

Liebevoll sieht er mich an. Ich weiß ja, dass er es nicht böse meint und doch fasse ich es immer häufiger falsch auf. Ob das Einbildung ist oder an den Hormonen liegt, weiß ich nicht. Tippe jedoch auf letzteres.

»Das sieht ja köstlich aus«, stellt James fest.

»Ja, oder? Sollen wir dann?«, fragt meine Mom. Langsam gehe ich auf den Tisch zu, stelle Kanne und Kuchen darauf und setze mich.

Nur mühselig kommt ein Gespräch in Gang, denn jeder hängt irgendwie seinen Gedanken nach. Irgendwann halte ich das Schweigen nicht mehr aus, weil es einfach nur an den Nerven zerrt.

»Maria, James. Warum seid ihr hier? Bisher sind wir immer nur bei euch gewesen. Gibt es etwas, das ihr uns sagen wollt? Oder einen anderen Grund für euren Besuch?«

James und Maria sehen sich an.

»Ja, das gibt es allerdings. Wir haben noch etwas über Trenton herausgefunden, dank James und seinen Kontakten.«

»Was? Schießt los!«, kommt es schneller über Chase' Lippen als über meine.

»Ich habe die ganze Zeit geglaubt, dass ich diesen Trenton nicht kenne, weil Maria auch nur seinen Vornamen nannte. Doch als sie mir mehr von seinen Geschwistern erzählt hat, kam ich auf seinen Nachnamen, deshalb konntet ihr eure Suche ja fortsetzen. Nun, ich habe jemanden bei der Polizei, der Trenton für mich überprüft hat, von der Jugendzeit an.« James legt eine Pause ein, führt seine Tasse zum Mund und nimmt einen kräftigen Schluck. Chase neben mir wird schon nervös, doch James erlöst ihn.

»Er hat vor vierzehn Jahren geheiratet, heißt nun Carrson und nicht mehr Stempol wie damals. Außerdem wohnt er nun in Sherwoodfalls und nicht mehr in Cline City. Vielleicht hilft euch das weiter, mehr kann auch ich leider nicht mehr tun. Selbst der Kontaktmann kommt nicht mehr weiter, weil sich die Behörden in Sherwoodfalls der Sache nicht annehmen wollen.«

Allen im Raum, außer James und Maria, steht der Mund offen. Chase fängt sich am schnellsten, steht auf und fällt seinem Vater um den Hals.

»Danke, Dad. Das bedeutet mir sehr viel.«

Nun wird die Zeit zeigen, was wir mit dieser Information anfangen können. Wird Chase seinen leiblichen Vater kennen lernen? Und wie wird dieser das alles aufnehmen? Fragen über Fragen, aber noch lange keine Antworten. Ich kann nur hoffen, dass wir auch diese Zeit zusammen durchstehen werden.

Kapitel 16

Chase

Als unsere Eltern am Abend endlich das Haus verlassen haben, machen wir es uns auf der Couch bei einem Film gemütlich. Samira hat sich ganz eng an mich gekuschelt und streichelt mir in Kreisen über den Bauch.

Mit den Gedanken bin ich jedoch nicht beim Film, sondern viel mehr bei meinem leiblichen Vater. Wie es ihm wohl geht? Was hat er die letzten Jahre so gemacht und vor allem, hat er jemals an mich gedacht?

»Honey, was ist los? Ich merke doch, dass du mit deinen Gedanken nicht hier bei mir bist.«

Samira, mal wieder so einfühlsam wie nur möglich.

»Ich denke die ganze Zeit an ihn. Meinst du, wir werden ihn finden?«

Selbst mir fällt die Unsicherheit und der Zweifel in meiner Stimme auf.

»Warum denn nicht? Lass uns doch morgen mal nach Sherwoodfalls fahren. Vielleicht können deine Brüder uns helfen.«

»Die Idee ist perfekt, Babe. Da wäre ich wahrscheinlich erst viel später darauf gekommen.«

Bevor sie sich wieder an mich schmiegt, lächelt sie mich an. Mein Herz macht wie jedes Mal einen großen Hüpfer.

»Ich liebe dich, Sami.«

»Ich liebe dich auch.«

Während sie sich auf den Film konzentriert, denke ich darüber nach, welcher meiner Brüder mir eher dabei helfen könnte, herauszufinden, wo mein Erzeuger sich aufhält.

Als meine Augen schließlich bleischwer sind, tippe ich Samira an und deute mit einem Nicken auf die Treppe im Flur. Verschlafen reibt sie sich die Augen, steht auf und zieht mich an meiner Hand mit nach oben. Schnell legen wir uns ins Bett, geben uns noch einen Gute-Nacht-Kuss und kuscheln uns aneinander.

Ja, so lässt es sich definitiv am besten einschlafen.

»Wie lange dauert es noch, bis wir endlich da sind?«, fragt Samira mich ungeduldig.

»Laut Navigation noch eine halbe Stunde. Willst du den Rest der Fahrt nicht doch noch ein bisschen lesen?«

»Nein, dabei wird mir schlecht«, brummt sie mich an. Ich verfluche diese Hormonschwankungen jetzt schon und wenn der Grund dafür nicht zwei bezaubernde Babys wären, hätte ich sie wahrscheinlich schon umgebracht.

Bevor ich weiter über irgendetwas nachdenken kann, ist die halbe Stunde auch schon wie im Flug vergangen. Immerhin haben Samira und ich ein Spiel gespielt. Okay, ein Spiel für Kinder, ›Ich sehe was, was du nicht siehst‹, aber Hauptsache, die Zeit geht rum.

Noch einmal abbiegen, danach ein kleines Stück geradeaus und schon können wir die Einfahrt zu Calvins Haus hinauffahren. Da wir uns nicht angemeldet haben, kann ich nur hoffen, dass sie da sind.

Kurze Zeit später taucht in der Haustür eine kleine, zierliche Frau auf. Beim zweiten Blick erkenne ich in dieser Maya, die Frau von Calvin. Wir gehen auf sie zu, begrüßen sie und ich stelle ihr Samira vor.

Da es, obwohl der Herbst so langsam kommt, sehr warm ist, hat Samira sich ein enges Kleid angezogen, welches ihren kleinen, aber doch sichtbaren Babybauch zeigt.

»Calvin ist im Arbeitszimmer«, nuschelt Maya und verschwindet im Haus.

Völlig verblüfft bleiben wir stehen, zucken synchron mit den Schultern und treten nacheinander ein.

»Willst du dich schon mal ins Wohnzimmer setzen, Honey? Ich gehe eben meinen Bruder suchen.«

Samira nickt und ich bedeute ihr mit der Hand, wo sie hin muss. Schnell mache ich auf dem Absatz kehrt und laufe die Treppe hinauf ins obere Stockwerk. Knartsch! Wie ich diese Stufen doch vermisst habe – *nicht*! Zum Glück knarzt keine einzige bei uns im Haus, sonst würde ich Amok laufen.

Eine Tür öffnet sich und Calvin tappt auf den Flur.

»Brüderchen! Was machst du denn hier?«

»Brauche deine Hilfe. Kommst du runter?«

»Klar, gib mir fünf Minuten.«

»Kann ich auch mitkommen? Ich will dich noch eben was fragen.«

»Mach ruhig, aber bitte nicht wundern, es ist eine Bombe eingeschlagen im Büro.« Calvin lacht und geht zurück zu der Tür, aus der er gekommen ist.

»Schieß los!«, kommt er direkt zu Punkt.

»Was ist mit Maya los? Sie ist gerade abgerauscht wie ein D-Zug, als sie Samiras Bäuchlein gesehen hat.«

Sofort verändert sich Calvins Miene.

»Weißt du ... Wir versuchen schon seit längerem, Kinder zu kriegen. Bisher waren es aber alles Fehlgeburten. Seitdem zieht Maya sich zurück und lässt kaum jemanden an sich heran.«

»Oh ... Das tut mir sehr leid für euch. Vielleicht hätte ich euch doch vorwarnen sollen, dass wir vorbeikommen.«

»Ach, Quatsch! Du bist mein Bruder und brauchst dich doch nicht anmelden. Wo würden wir denn da hinkommen?«

Calvin legt eine Pause ein, führt seine Tasse zum Mund und seufzt einmal kurz.

»Sollen wir dann?«

Calvin nickt und geht Richtung Tür.

»Dann bin ich mal gespannt, wegen was du meine Hilfe benötigst.«

»Das kannst du auch sein«, antworte ich mit einem erzwungenen Lächeln auf dem Gesicht.

Im Wohnzimmer setze ich mich neben Samira auf die Couch. Diese erhebt sich, um Calvin zu begrüßen und lässt sich anschließend wieder neben mich sinken.

»Also. Warum seid ihr hier?«

»Du musst mir helfen, meinen leiblichen Vater aufzuspüren. Ich weiß, dass du hier gute Kontakte zur Polizei hast.«

Nachdenklich legt Calvin einen Finger an sein Kinn und reibt sich darüber.

»Ich denke schon, lass mich mal eben telefonieren.«

Gesagt, getan. Sofort ist er verschwunden.

Mein Magen beginnt zu kribbeln, meine Hände werden feucht und meine Gedanken fahren Achterbahn. *Oh bitte, lass ihn was herausfinden.*

Eine halbe Ewigkeit später kommt Calvin mit einer undurchdringlichen Miene zurück. Diese habe ich schon immer beim Pokern mit ihm und Bennet gehasst, denn er lässt wirklich nichts durchscheinen. Immer diese besch...eidenen Manager. Jetzt habe ich aber mal wieder die Bestätigung dafür bekommen, warum er mit Cooper Industries so erfolgreich ist.

Damals, also ganz am Anfang, hat er sich darauf spezialisiert, Gebäude für große Firmen aufzukaufen und danach weiterzuverkaufen. Mittlerweile macht er das mit so ziemlich jedem Gebäude. Manchmal drückt er die Käufer sogar weit unter ihren Mindestpreis. Mein Gott, das könnte ich nicht.

Zwar hat er mir oft angeboten, mit in die Firma einzusteigen, aber wirklich Lust hatte ich dazu nie.

Calvin räuspert sich und zieht somit meine Aufmerksamkeit wieder auf sich.

»Spuck schon aus!«, fahre ich ihn voller Ungeduld an.

»Also gut. Trenton Carrson wohnt ...« Eine bedeutungsschwere Pause. Mein Geduldsfaden ist kurz davor, zu reißen.

»Zwei Häuser neben mir.«

Fassungslos starren Samira und ich ihn an.

»Ist das dein *fucking* Ernst? Und dafür ziehst du so eine verdammte Show ab?«

Ich kann nicht anders. Alles stürzt über mich herein und ich kann einfach nicht an mich halten.

»Shh! Babe! Beruhig dich doch.«

Samira versucht mich mit ihren Worten zu besänftigen, wiederholt sie wie ein Mantra. Nur langsam beginnen sie zu wirken. Mein Puls schwächt ab und rast nun nicht mehr so extrem, meine Wut verraucht.

»Willst du hin?«

Ihre Frage irritiert mich irgendwie. Wieso, weiß ich auch nicht genau. Ein Knoten bildet sich in meinem Magen. Zweifel beginnen zu keimen.

»Was ist, wenn er mich gar nicht sehen will? Wenn er gar nicht mehr an mich gedacht hat?«

»Mach dir keine Sorgen. Wir erklären ihm das Ganze möglichst plausibel. Calvin? Kannst du uns begleiten?«

»Ja, klar. Lasst uns los.«

Zum Glück brauchen wir nicht in ein Auto steigen, sondern nur ein wenig laufen. Frische Luft wird mir sicherlich guttun.

Kapitel 17

Je näher wir dem Haus kommen, desto mehr kralle ich mich an Samira fest. Calvin wirft mir aufmunternde Blicke zu, doch ich habe das Gefühl, als ob es mit jedem Meter schlimmer wird.

Panik kommt in mir auf und indirekt die Hoffnung, dass Trenton womöglich gar nicht zu Hause ist.

Als die Einfahrt vor uns auftaucht, hat Samira alle Hände voll zu tun, damit ich keinen Rückzieher mache und abhaue.

Verdammt! So ein Schisser bist du doch sonst nicht!, ranzt mein Gewissen mich an. Wo es recht hat, hat es recht. Also, Brust raus, Bauch rein und los. Zum Glück sind Samira und Calvin dabei.

Wir kommen der Veranda immer näher, passieren diese und laufen auf die Tür zu. Das Haus ist zweistöckig und von außen in Grau und Weiß gehalten. An der Veranda sind Blumenkübel befestigt, in denen bunte Blumen sprießen.

Vor der Garage stehen zwei große Vans. Einer ist blau und der anderen silber. Scheint, als hätte Trenton viele

Kinder bekommen. Wozu brauch man sonst so große Autos?

An den Stufen der Veranda angekommen bleibe ich stehen. Ich sehe Samira und Calvin ins Gesicht und versuche, alles Positive von ihnen mitzunehmen.

Langsam, Stufe für Stufe, steigen wir hinauf. Ich will klingeln oder klopfen, doch mein Körper will mir nicht gehorchen. Ein kurzes Nicken in Calvin's Richtung und er drückt auf die Klingel. Das laute Klingeln hören wir auch durch die verschlossene Tür.

Mein Herz rast, droht, in meiner Brust zu zerspringen und ich? Ich kann nur dabei zusehen.

Als die Tür aufgeht, sackt mein Herz in die Hose. Vor mir steht ein Junge, schätzungsweise vierzehn Jahre alt und lächelt mich an.

»Hallo. Kann ich ihnen helfen?«

»Ähm ... äh ...«, stottere ich. Ich bin tatsächlich nicht in der Lage dazu, einen vernünftigen Satz rauszubringen.

»Ist Herr Carrson da?«, springt Samira für mich ein.

»Ja, kleinen Moment.«

Er schließt die Tür und für mich beginnt eine quälend lange Zeit. Für Samira und Calvin sind es wahrscheinlich nur ein paar Sekunden.

Ein weiteres Mal öffnet sich die Tür und vor mir steht ein Mann, der mir ziemlich ähnlich sieht. Wobei, so ähnlich nun auch wieder nicht, denn sein Gesicht ist trotz Falten um einiges markanter. Der Bart und seine Haare sind von vereinzelten grauen Strähnen durchzogen und seine Augen? Die sind blau, anstatt grün mit ein wenig braun wie bei mir. Kann er wirklich mein Vater sein? Oder will mir mein Kopf einen Streich spielen? Ich bin hin und hergerissen. Weiß keinen klaren Gedanken zu fassen.

»Sind sie Trenton?«, fragt Samira ihn hoffnungsvoll.

»Ja, der bin ich. Wer möchte das denn wissen?«

»Mein Verlobter. Vielleicht könnten wir uns irgendwo hinsetzen und in Ruhe reden?«

Kurz überlegt er und nickt dann.

»Natürlich. Kommt doch rein.«

Er geht hinein, durchquert den Flur und läuft auf eine riesige Terrasse hinaus. Für das Haus habe ich momentan absolut keinen Blick. Ich bemerke aber, dass Samira und Calvin sich neugierig umsehen.

Auf der Terrasse bedeutet er uns, uns an den großen Tisch zu setzen. Sofort ziehe ich Samira neben mich, denn ohne sie würde ich das kommende Gespräch wohl kaum durchstehen. Schnell versuche ich, meine Gedanken zu ordnen.

»So. Erzählt ihr mir jetzt, wie es zu diesem Besuch kommt?«

»Ich bin dein Sohn«, platzt es da auch schon vollkommen unvorbereitet aus mir heraus.

Trenton erstarrt mitten in der Bewegung. Er schaut mich an wie ein Auto, nur nicht so schnell.

»Du bist ... Stimmt das? Ist das wirklich wahr?«

Tränen sammeln sich in seinen Augen. Doch auch meine bleiben nicht verschont.

»Ja. Ich weiß es schon seit ein paar Wochen, aber ... wir haben dich nicht gefunden. Erst heute durch meinen Bruder haben wir herausgefunden, wo du wohnst ... und wie du nun heißt.«

So langsam werde ich lockerer. Zum Glück. Samira lächelt mich stolz an und auch Calvin freut sich mit mir.

»Aber ...«

»Das ist eine lange Geschichte, die ich dir nur erzählen kann und werde, wenn du wirklich Zeit dazu hast.«

»Schieß los! Ich habe genug Zeit und werde sie mir extra für dich nehmen.« *Puh, war ja gar nicht mal so schlimm.* Kurz sammle ich mich und beginne von Anfang an zu erzählen.

Wie all das ins Rollen kam. Was uns, also mir und Samira, zuerst den Boden unter den Füßen weggezogen und uns nun nur noch enger zusammengeschweißt hat.

Es war eine verdammt harte Zeit ohne Samira. Doch dadurch genieße und schätze ich unsere jetzige Zeit nur noch mehr. Ich weiß, was ich an ihr habe und möchte das durch nichts in der Welt ersetzen.

»Und nun sitzen wir hier bei dir«, beende ich meine Story und sehe ihn vorsichtig lächelnd an.

Tränen des Glücks laufen seine Wangen hinab. Er steht auf, ich tue es ihm gleich und schon liegen wir uns in den Armen. So sehr ich meinen Dad auch liebe, aber ich muss wissen, wer, und vor allem wie, mein leiblicher Vater ist.

Kapitel 18

Samira

Zehn Wochen sind nun vergangen. Mittlerweile ist mein Bauch runder als rund, klar, bin ja auch schon in der zwanzigsten Schwangerschaftswoche. Die Geschlechter der Babys konnten wir leider noch nicht sehen. Die beiden Zwerge drehen sich immer geschickt weg, sodass wir einfach nicht dazu kommen.

Trotzdem bin ich froh und glücklich. Unsere Hochzeit rückt immer näher, das Kleid ist bereits gefunden, wird jedoch erst kurz vorher umgenäht, damit ich auch wirklich hineinpasse. Nadine steht mir immer mehr zur Seite, weil Chase es momentan wegen meiner Hormone kaum zu Hause aushält und lieber flüchtet. Aber hey, so sind die Männer. Alle gleich und doch so verschieden.

Die letzten Wochen haben wir damit verbracht Chase' leiblichen Vater näher kennenzulernen. Und je mehr wir über ihn erfuhren, desto klarer wurde uns, woher Chase seine Macken hat.

Macken, die ich immer wieder an ihm zu lieben lerne und die ihn zu dem Menschen machen, der er heute ist. Ohne diese wäre er wahrscheinlich viel zu langweilig.

Trenton ist ein sehr liebevoller Vater, was man seinen anderen drei Kindern ansieht. Cayden, der Junge, der uns damals die Tür geöffnet hat, ist der älteste der drei mit seinen vierzehn Jahren. Gefolgt von Abby, welche elf Jahre alt ist und Lara, die acht Jahre alt ist.

Alle drei sind wirklich tolle Kinder. Sehr zuvorkommend und freundlich, einfach wohlerzogen. Genau das, was ich mir für unsere Kinder wünsche. Trenton und Lisanna haben bei ihren Kindern einfach alles richtig gemacht. Und nun haben die drei sogar noch einen großen Bruder dazu. Bei dem Gedanken daran kommen mir glatt die Tränen.

»Babe? Bist du soweit?«, reißt Chase mich aus meinen Gedanken.

»Hm ...«

»Alles in Ordnung bei dir? Wir können das Essen mit unseren Eltern auch absagen, falls es dir nicht gutgeht.«

»Nein, alles okay. War nur in Gedanken.«

»Dann mal los zum XXL-Essen.«

Ich hake mich bei Chase unter und gemeinsam verlassen wir das Haus. Ganz Gentleman-like hält er mir die Tür auf und schließt diese erst, als ich komplett sitze und angeschnallt bin. Er schwingt sich auf den Fahrersitz und los geht es zum Restaurant.

Das erste Mal nach so vielen Jahren und erst recht nach so vielen Wochen voller Stress, genießen wir das Essen mit unseren Eltern, sowie mit Chase' leiblichen Vater und dessen Familie. Auch wenn der Schmerz bei einigen noch tief sitzt und dies auch lange noch anhalten wird, sind wir uns sicher, dass sie es uns zuliebe getan haben.

»Danke, dass ihr uns diesen Abend möglich gemacht habt«, spricht Chase meinen letzten Gedanken laut aus. Zustimmendes Gemurmel wird laut.

»Wie ihr ja wisst, waren die letzten Wochen und Monate alles andere als einfach, aber wie ihr auch merkt, kann man das alles durchstehen, wenn man Menschen um sich herum hat, die einen stützen, zu einem halten und immer für einen da sind. Nur so können wir gemeinsam wachsen und uns ständig neuen Herausforderungen stellen.« Chase hebt sein Bier und alle tun es ihm gleich.

»Was zeigt uns das? Kämpft, egal wie schwer es auch sein mag. Gebt niemals auf, auch wenn es aussichtslos erscheint. Die Liebe wartet nicht, sie will umkämpft werden. Auf uns!«

Gemeinsam stoßen wir an und freuen uns auf die kommende Zeit. Egal ob Tiefen oder Höhen. Ich werde immer zu meinem zukünftigen Mann und meiner Familie stehen – und für sie kämpfen!

Epilog - Drei Jahre später

Samira

»Daddy! Daddy!«, ruft Cami.

Chase reagiert sofort.

»Was gibt es, meine Kleine?«, fragt er und läuft ihr entgegen. Unser kleiner Quälgeist, sie ist viel schlimmer als ihre Schwester Cécile. Cami ist der Wirbelwind der beiden Zwillinge und Ceci die Ruhigere. Vor etwas über zwei Jahren haben sie das Licht der Welt per Kaiserschnitt erblickt und von da an unser Leben mehr als bereichert. Chase blüht in seiner Vaterrolle vollkommen auf und unterstützt mich, wo er nur kann. Gerade jetzt, mit Schwangerschaft Nummer zwei, ist alles noch anstrengender.

Mein Bauch sieht aus, als wäre ich kurz vorm Platzen, dabei habe ich noch drei Monate, bis Cedric auf die Welt kommt. Ich bete jeden Tag, dass er bloß nicht an unserem Hochzeitstag geboren wird.

Chase beteuert jeden Abend, wie unglaublich sexy ich aussehe mit meinem Babybauch, aber er stört doch schon massiv. Gerade dann, wenn ich es am liebsten etwas rauer im Bett hätte.

Wenn man vom Teufel spricht – Chase kommt gerade durch die Terrassentür, Cami auf dem Arm.

»Sag Mummy noch gute Nacht, mein Schatz.«

»Ich will aber noch nicht, Daddy!«, murrt sie.

»Doch, du musst jetzt.«

»Och Mann, Daddy. Ceci liegt aber auch noch auf der Couch bei Mummy.«

Ich sehe meine kleine Maus an und sage: »Cami, Ceci liegt nur noch hier, weil sie selbst eingeschlafen ist, aber ich sie wegen eures Bruders nicht mehr heben darf. Deswegen bringt Daddy dich jetzt erst ins Bett und holt Ceci dann. Und jetzt gib Mummy einen Kuss und dann marsch, ins Bett mit dir.«

Cami kommt zu mir gelaufen, drückt mir einen Kuss auf den Mund, brummelt ein »Gute Nacht, Mummy« und lässt sich dann von Chase ins Zimmer bringen.

Während Chase Cami hoch bringt, versinke ich mal wieder in Gedanken. Mir tut es weh, dass der Kontakt zu Calvin und Bennet in den letzten Monaten, schon fast Jahren, abgebrochen ist. Ich mochte die beiden, obwohl wir uns nur selten gesehen haben. Ihre Nichten haben sie noch nicht mal zu Gesicht bekommen. Von Chase weiß ich ja, dass es gerade für Calvin und Maya schwierig ist, weil sie vergebens versuchen, ein Kind zu kriegen, aber was Bennet hat? Keine Ahnung.

Als Chase dann auch Ceci ins Bett gebracht hatte, kommt er zu mir, reißt mich aus meinen Gedanken an seine Familie und setzt sich neben mich auf die Couch, um meine vom Wasser aufgedunsenen Füße zu massieren.

»Babe, du bist die Beste von allen. Ich liebe dich und unsere kleinen Monster über alles und ich möchte euch niemals mehr missen wollen.«

»Ich liebe dich auch, Honey.«

Chase stützt sich ab und beugt sich über mich. Er küsst mich und wandert mit seiner Hand meinen Hals hinab, über meine mittlerweile mehr als angeschwollenen Brüste, liebkost sie und lässt die Reise weitergehen. Eine Gänsehaut breitet sich auf meinem Körper aus, die Luft beginnt zu knistern und meine Lust auf diese Sexbombe von Mann steigt von Sekunde zu Sekunde.

Er verharrt mit seiner Hand auf meinem großen Bauch, streichelt ihn und versucht, die Bewegungen unseres Sohnes zu spüren, doch dieser schläft längst und lässt mich ausnahmsweise Mal den Moment genießen.

Er wandert weiter hinab, bis zu meinem Venushügel, doch anscheinend stört ihn meine Jogginghose, denn er versucht diese mit einem beachtlichen Kraftaufwand herunterzuziehen, damit er ungehemmt an meiner Klit spielen kann. Ich helfe ihm, indem ich meinen Arsch etwas anhebe und er die Hose somit leichter runter kriegt. Er zieht den Slip gleich mit, nutzen würde der eh nichts mehr, so nass wie er schon ist.

Endlich hat er freie Bahn und lässt seine Finger schon meine Spalte auf und abfahren. Ich bin so erregt, dass ich das Stöhnen unterdrücken muss und ihm mein Becken schon entgegen drücke. Er lässt zwei Finger in mich gleiten und spielt mit dem Daumen an meinem Kitzler, was mich wieder zum Stöhnen bringt. Er ist ganz behutsam mit mir, doch ich will ihn endlich.

Nickend bedeute ich ihm, sich auf die Couch zu legen. Er kommt meiner Bitte nach, zieht aber schon direkt Hose und Shorts aus, damit ich mich nicht noch abkämpfen muss. Behutsam küsse ich ihn und lasse meine Hand zu seinem Hoden wandern. Ich massiere ihn und streiche immer wieder leicht über seinen bereits steinharten Schwanz. Ich bin so geil, dass ich ihm noch einen Kuss gebe und mich dann runter beuge und seine Erektion in meinen Mund aufnehme.

Mit meinem Mund erzeuge ich ein Vakuum und lasse ihn rein und raus wandern. Sauge an ihm und fahre mit meiner Zungenspitze über seine Eichel. Chase stöhnt, packt mich bei den Haaren und zieht mich zu sich herauf. Ich nutze diese Gelegenheit und lasse mich mit meinem Schoß direkt auf ihm nieder. Sein Schwanz teilt meine Schamlippen und dringt ganz langsam in mich ein.

Dieses Gefühl, dass er mich langsam dehnt und ich ihn vollkommen in mich aufnehme, lässt lauter Blitze vor meinen Augen aufleuchten. Ich entspanne mich und genieße es mit jedem weiteren Millimeter. Chase hebt mich an und lässt mich immer wieder ganz langsam und sanft auf ihm nieder.

Irgendwann halte ich es einfach nicht mehr aus, schnappe mir seine Hände, verschlinge sie mit meinen und gebe mein eigenes Tempo vor. Immer schneller reite ich ihn und befördere uns damit weiter in Richtung Erlösung. Er trifft mit seinem Schwanz diesen einen bestimmten Punkt in meinem Körper und das in einem so schnellen Rhythmus, dass ich den Höhepunkt erst merke, als ich kurz davor bin.

Ich verkrampfe und spüre, wie sich meine Muskeln immer wieder fest um seinen Schaft schließen, als würden sie ihn melken. Mit einem Brummen kommt auch er endlich zur Erlösung und lässt den Kopf nach hinten fallen.

Ich erhebe mich von ihm und lasse mich neben ihm nieder.

Er zieht mich in seine Arme und streichelt über meinen Bauch.

»Du bist genau das, was ich immer wollte. Ich liebe dich, Samira.«

»Ich liebe dich auch«, gebe ich zurück und genieße seine starken Arme um mich herum.

– Ende –

Bonuskapitel 1

Maria

Für mich ist eine Welt zusammengebrochen, als herauskam, dass James der Vater von Samira ist. Aber was soll ich machen? Ich bin auch nicht fehlerfrei. Immerhin habe ich unsere Tochter zur Adoption freigegeben und es James verschwiegen. Dies ist gewiss der größte Fehler in meinem ganzen Leben gewesen. Ich kann einfach nicht mehr so weitermachen.

Aber ich weiß rein gar nichts über sie, deshalb möchte ich mich heute auf den Weg zum Jugendamt machen. Ich muss endlich Klarheit bekommen, was mein Mädchen angeht. Nicht nur mir bin ich es schuldig, sondern auch James und unseren Söhnen. Und desgleichen Kyra, natürlich. Wenn sie denn heute noch so heißt.

Am Jugendamt angekommen sinkt mir das Herz in die Hose vor lauter Nervosität. Meine Hände machen sich selbstständig, ich fummele ununterbrochen an meiner Jacke rum. Mit jedem Schritt auf das Gebäude zu steigt mein Puls und lässt das Adrenalin durch meine Adern strömen.

Meine Absätze hallen auf dem Boden der Eingangshalle wider. An der Info erkundige ich mich nach einem zuständigen Mitarbeiter für meine Situation und werde prompt in die zweite Etage geschickt.

Kurze Zeit später stehe ich vor dem mir beschriebenen Büro, hebe die Hand und klopfe zaghaft an die Tür. Nach kurzem Warten werde ich hereingebeten.

»Guten Tag, wie kann ich Ihnen helfen?« Gehe ich nun einfach wieder raus?

Nein, das tust du nicht!, schelte ich mich selbst.

»Guten Tag, mein Name ist Maria Cooper. Ich möchte mich gerne nach meiner Tochter erkundigen, die ich vor mehr als zwanzig Jahren zur Adoption freigegeben habe.« Jetzt ist es raus.

»Guten Tag, Mrs. Cooper, ich bin Mrs. Kremson. Leider kann und darf ich Ihnen nicht so einfach Auskunft geben, aber ich werde sehen, was sich machen lässt. Wissen Sie zufällig noch, ob es eine anonyme Adoption war und wie das Mädchen damals hieß?«

»Sie hieß damals Kyra. Kyra Cooper. Jedoch weiß ich gar nicht mehr so genau, ob es anonym war oder nicht. Es ging damals alles so schnell.«

Einzelne Tränen laufen meine Wangen hinab, doch ich bin nicht gewillt, sie wegzuwischen. Soll sie doch sehen, wie es mir geht.

»Ich suche mir mal eben die Akte raus und komme dann wieder.«

Außer einem Nicken kriege ich nichts zustande.

Mrs. Kremson verlässt das Büro. Ich sitze allein mit meinen Gedanken hier und weiß nicht, wohin mit ihnen.

Gefühlte Tage später kommt sie mit einer etwa zehn Zentimeter dicken Akte zurück, lächelt mich freundlich an und setzt sich wieder hinter ihren Schreibtisch. Scheinbar gibt es gute Neuigkeiten für mich, oder ist das nur eine gute Miene?

»Mrs. Cooper, ich darf Ihnen Erfreuliches mitteilen.«

Erfreuliches? Wirklich?

»Was?«, platze ich kurzerhand heraus.

»Ihre Tochter heißt noch immer Kyra. Kyra Matthews. Sie wurde von einem Ehepaar adoptiert, welches selbst keine Kinder bekommen konnte. So steht es zumindest im Dokument. Aus der Akte geht ebenfalls hervor, dass Ihre Tochter sich selbst schon nach Ihnen erkundigt hat, jedoch keine Adresse rausgegeben wurde, da Sie damals angaben, dass Ihr Mann nichts von ihr weiß. Zumindest hat Kyra Ihnen hier einige Briefe hinterlassen und zuletzt vor, Moment ...«, sie unterbrach sich und wühlte in der Akte. »Etwa sechs Monaten hat sie einen Zettel mit ihrer aktuellen Anschrift und einer Telefonnummer hinterlassen. Ich kann Ihnen den Zettel gerne geben, oder aber auch anbieten, dass ich Ihre Tochter anrufe und ein Treffen für sie arrangiere.«

Völlig perplex schaue ich Mrs. Kremson an.

»Ist das wirklich wahr? Aus dem Fernsehen kenne ich nur, dass es ein verdammt langwieriger Prozess ist. Warum ist das also so einfach bei mir?«

»Weil es bei Ihnen nicht anonym war. Also, wie möchten Sie es? Soll ich sie anrufen oder wollen Sie?«

»Sie, bitte.«

Oh Gott. Ich bin so armselig.

»Dann bitte einen kleinen Moment Geduld.«

Sie hebt den Hörer ab, wählt die Nummer und anschließend folgt ein etwas längeres Gespräch, doch ich kriege kein Wort davon mit. Meine Gedanken drehen sich die ganze Zeit im Kreis. Wird sie meine Entscheidung verstehen? Wie sieht sie aus?

»Sie möchte Sie sehen, am besten zusammen mit Ihrem Mann, wenn das möglich ist«, reißt Mrs. Kremson mich aus meinen Gedanken.

»Ja. Ja, das ist möglich. Wann und wo sie möchte. Wir richten uns nach ihr.«

Mrs. Kremson leitet meine Worte an Kyra weiter und nun beginnt für mich das Bangen.

»Wäre es Ihnen bei Ihnen zu Hause recht? Morgen Abend so gegen zwanzig Uhr?«

Ich nicke. Tränen steigen mir in die Augen, doch dieses Mal aus purer Freude.

Sie will uns kennenlernen. Ich kann es kaum erwarten das Ganze James zu erzählen.

Bonuskapitel 2

Maria, James & Kyra

Maria rennt den ganzen Tag schon wie von der Tarantel gestochen durch die Räume. Putzt hier, räumt da und kommt kaum zur Ruhe. Das Haus ist von oben bis unten blitzblank, doch Maria findet ständig noch etwas, das sie machen muss. Sicherlich verstehe ich sie, ist es doch unsere Tochter, die uns zum ersten Mal besuchen kommt.

Ich bin mindestens genauso gespannt wie sie, jedoch zeige ich davon nichts. Wozu auch? Es reicht doch, dass einer in diesem Haus vollkommen durchdreht. Dann muss ich es nicht auch noch tun. Bis zwanzig Uhr ist es auch gar nicht mal mehr so lange. Eine halbe Stunde haben wir noch.

Maria arrangiert zum dritten Mal die Kaffeetassen, die Kissen auf der Couch zum gefühlt tausendsten Mal und mich jagt sie von einem Platz zum anderen, was mir tierisch auf die Nerven geht.

Noch zwanzig Minuten ...

Maria rennt ins Bad, schaut wahrscheinlich, ob die Frisur und das Make-up noch perfekt sitzen.

Noch zehn Minuten ...

So langsam steigt auch mein Puls und meine Nervosität hält sich kaum noch in Grenzen.

Es ist punkt zwanzig Uhr als es an der Tür klingelt. Maria springt auf und geht, okay, rennt schon fast, hin. Eigentlich wollte ich ebenfalls zur Tür gehen, doch irgendwie kann ich mich nicht rühren. Viel zu sehr bin ich Gefangen von meinem eigenen Geist, meinen eigenen Gedanken und der Angst. Angst, ob ich sie mir doch falsch vorgestellt habe. Angst, dass sie uns gar nicht mögen könnte.

Ich höre, wie die beiden Frauen durch den Flur ins Wohnzimmer kommen. Langsam löst sich die Starre und ich erhebe mich von der Couch, um Kyra, unsere Tochter, zu begrüßen.

Als ich mich zu ihr umdrehe, kann ich nicht anders, als sie anzustarren.

Kyra ist eine wunderschöne, junge Frau mit dunklen, lockigen Haaren und braunen Augen. Das Ebenbild von Maria in jungen Jahren. Außerdem sehe ich das bekannte Grübchen in ihren Mundwinkeln, das Calvin, Bennet und auch Chase haben.

Freundlich lächelnd kommt sie auf mich zu, wirft mir einen schüchternen Blick zu und geht letztendlich auch den letzten Schritt weiter.

»Maria habe ich ja schon kennengelernt. Dann bist du mit Sicherheit mein Vater, oder?«

Nicken, mehr geht nicht. Eine winzige Träne schleicht sich in mein Auge und ich versuche mühsam, sie wegzublinzeln.

Hier steht sie nun, mein Fleisch und Blut. Meine Tochter. Damals habe ich einen Sohn verloren und eine Tochter bekommen – und nun bekomme ich eine weitere dazu. Beide stehen sich in Punkto Aussehen in nichts nach. Und wenn Kyra nun auch noch einen so wundervollen Charakter hat wie Samira, dann ist das wahrlich ein Sechser im Lotto.

Maria gesellt sich zu uns und wir führen ein Gespräch über uns, unsere verschiedenen Leben, Kyras Eltern, sowie Kyras Geschwister.

Mitten in der Nacht fallen ihr auf der Couch die Augen zu. Wir wollen sie gar nicht wecken, doch wir wissen, dass es in ihrer Position auf der Couch ziemlich ungemütlich werden kann.

Kurzerhand bringen wir sie ins Gästezimmer. Kaum hat sie sich hingelegt, fallen ihr auch schon wieder die Augen zu.

Maria und ich können unser Glück kaum fassen.

Endlich sind wir komplett. So, wie es immer sein sollte.

»Ich liebe dich, Maria.«

»Ich liebe dich auch, James.«

Danksagung

Meine Mädels.

Danke an Jessica Gisso und Tatjana Zech, dass ihr mir immer mal wieder in den Hintern getreten habt, wenn ich aufgeben wollte. Und natürlich, dass ihr mir immer mit Rat und Tat zur Seite gestanden habt. Auch hinterher, als das reinste Chaos war, danke, dass ihr immer an mich geglaubt habt. Mir geholfen habt. Und vor allem, meine nervige Art ertragen habt, wenn ich unbedingt Feedback zu einem Schnipsel haben wollte.

Danke auch an Beate Uhlemann, dass du mir hinterher noch mal ein wenig bei der Überarbeitung geholfen hast.

Aber auch an all die anderen, Danke, dass ihr mich motiviert habt.

Ich hoffe, dass ich euch noch mit vielen weiteren Büchern versorgen kann.

Bis ihr alt und grau seid, so wie ich dann auch. Ha, ha!

Die Eisermann Media GmbH

Für mehr Lesevergnügen!

Entdecken Sie unsere Verlage und Partner

www.eisermann-media-buchshop.de

Zeitfracht Medien GmbH
Ferdinand-Jühlke-Straße 7
99095 Erfurt, Deutschland
produktsicherheit@kolibri360.de